爱阅读课程化丛书/快乐读书吧

爱阅读

革命烈士诗抄

立 人/编

无障碍精读版

课外阅读佳作，爱阅读课程化丛书

分级阅读点拨 · 重点精批详注 · 名师全程助读 · 扫清阅读障碍

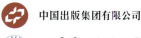
中国出版集团有限公司

世界图书出版公司
上海 西安 北京 广州

图书在版编目（ＣＩＰ）数据

革命烈士诗抄 / 立人编 . -- 上海：上海世界图书
出版公司 , 2023.9
　　ISBN 978-7-5232-0648-5

　　Ⅰ. ①革… Ⅱ. ①立… Ⅲ. ①诗集－中国－现代
Ⅳ. ① I226

　　中国国家版本馆 CIP 数据核字 (2023) 第 148935 号

书　　名　革命烈士诗抄
　　　　　Geming Lieshi Shichao
编　　者　立　人
责任编辑　魏丽沪
出版发行　上海世界图书出版公司
地　　址　上海市广中路 88 号 9-10 楼
邮　　编　200083
网　　址　http://www.wpcsh.com
经　　销　新华书店
印　　刷　三河市兴国印务有限公司
开　　本　700mm×1000mm　1/16
印　　张　16.5
字　　数　184 千字
版　　次　2023 年 9 月第 1 版　　2023 年 9 月第 1 次印刷
书　　号　ISBN 978-7-5232-0648-5 / Ⅰ · 99
定　　价　24.80 元

方志敏——诗一首

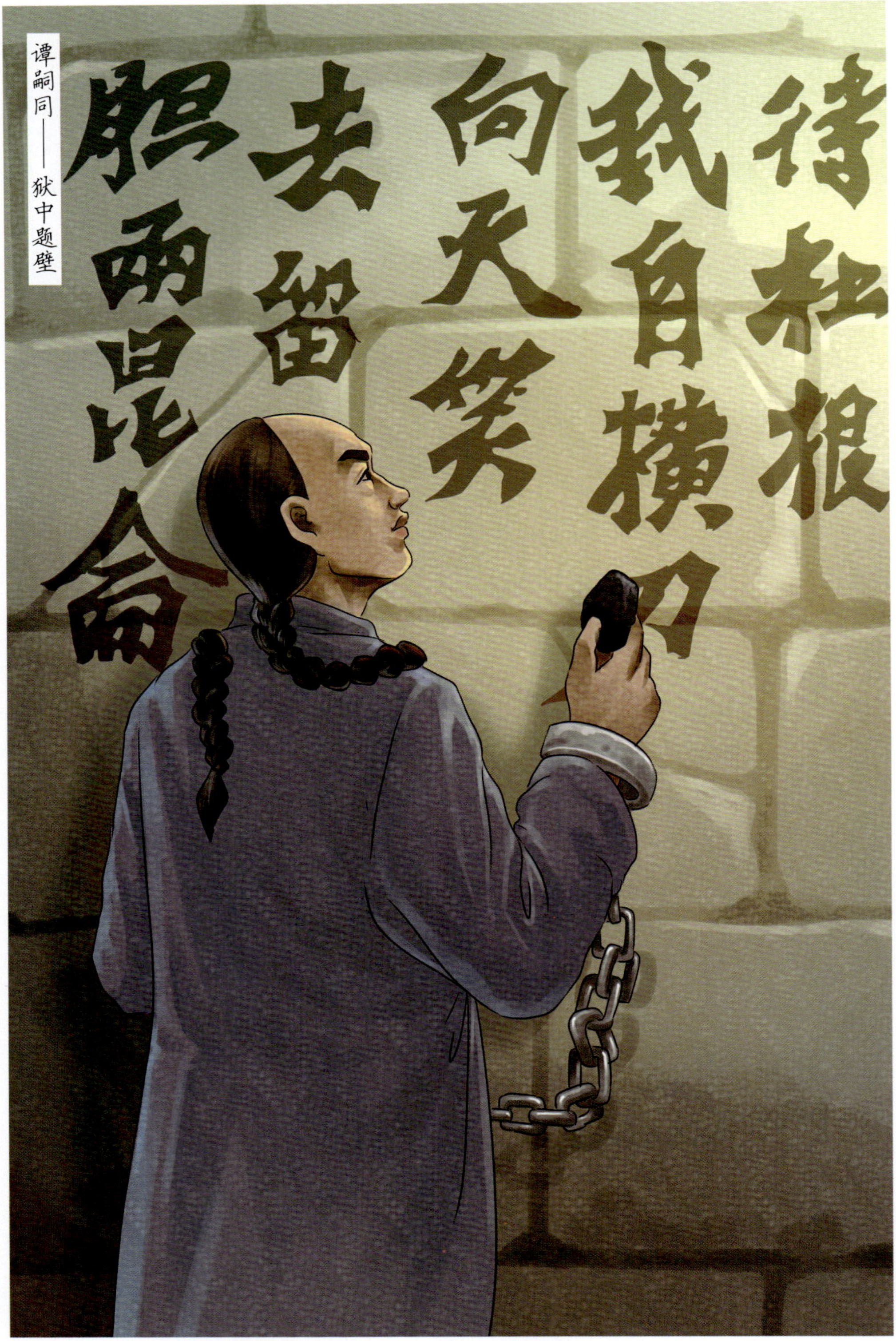
待杜根
我自横刀
向天笑
去留
肝胆两昆仑
谭嗣同——狱中题壁

闻一多——静夜

| 总序 |

北京书香文雅图书文化有限公司的李继勇先生与我联系，说他们策划了一套"爱阅读"丛书，读者对象主要是中小学生，可以作为学生的课外阅读用书，希望我写篇序。作为一名语文教育工作者，为学生推荐这套优秀课外读物责无旁贷，在最近"双减"政策的大背景下，也更有意义。

一、"双减"以后怎么办？

前不久，中共中央办公厅、国务院办公厅印发了《关于进一步减轻义务教育阶段学生作业负担和校外培训负担的意见》，对义务教育阶段学生的作业和校外培训作出严格规定。这是一件好事。曾几何时，我们的中小学生作业负担重，不少孩子不是在各种各样的培训班里，就是在去培训班的路上。孩子们"学"无宁日，备尝艰辛；家长们焦虑不安，苦不堪言。校外培训机构为了增强吸引力，到处挖墙脚；有些老师受利益驱使，不能安心从教，导致社会怨声载道。他们的行为破坏了教育生态，违背了教育规律，严重影响了我国教育改革发展。教育是什么？教育是唤醒，是点燃，是激发。而校外培训的噱头仅仅是提高考试成绩，让孩子在中高考中占得先机。他们的广告词是"提高一分，干掉千人"，大肆渲染"分数为王"，在这种压力之下，孩子们面对的是"分萧萧兮题海寒"，不得不深陷题海，机械刷题。假如只有一部分孩子上培训班，提高的可能是分数。但是，如果大多数孩子或者所有孩子都去上培训班，那提高的就不是分数，而只是分数线。教育的根本任务是立德树人，是培根铸魂，是启智增慧，是德智体美劳全面发展，是培养社会主义建设者和接班人，是为中华民族伟大复兴提供人才，而不是培养只会考试的"机器"，更不能被资本所绑架。所以中央才"出重拳""放实招"，目的就是要减轻学生过重的课业负担，减轻家长过重的经济和精神负担。

"双减"政策出台后，学生们一片欢呼，再也不用在各种培训班之间来回奔波了，但家长产生了新的焦虑：孩子学习成绩怎么办？而对学校老师来说，这是一个新挑战、新任务，当然也是新机遇。学生在校时间增加，要求老师提升教学水平，科学合理布置作业，同时开展课外延伸服务，事实上是老师陪伴学生的时间增加了。这部分在校时间怎么安排？如何让学生利用好课外时间？这一切考验着老师们的智慧，而开展各种课外活动正好可以解决这个难题，比如：热爱人文的，可以开展阅读写作、演讲辩论、学习传统文化和民风民俗等社团活动；喜爱数理的，可以组织科普科幻、实验研究、统计测量、天文观测等兴趣小组；也可以开展体育比赛、艺术体验（音乐、美术、书法、戏剧）和劳动教育等实践活动。当然，所有的活动都应以培养学生的兴趣爱好为目的，以自愿参加为前提。学校开展课后服务，可以多方面拓展资源，比如博物馆、图书馆、科技馆、陈列馆、少年宫、青少年活动中心，甚至校外培训机构的优质服务资源，还可组织征文比赛、志愿服务、社会调查等，助力学生全面发展。

二、课外阅读新机遇

近年来，"新课标""新教材""新高考"成为语文教育改革的热词。前不久，我看到一个视频，说语文在中高考中的地位提高了，难度也加大了。这种说法有一定道理，但并不准确。说它有一定道理，是因为语文能力主要指一个人的阅读和写作能力，而阅读和写作能力又是一个人综合素养的体现。语文能力强，有助于学习别的学科。比如：数学、物理中的应用题，如果阅读能力上不去，读不懂题干，便不能准确把握解题要领，也就没法准确答题；英语中的英译汉、汉译英题更是考查学生的语言表达能力；历史题和政治题往往是给一段材料，让学生去分析、判断，得出结论，并表述自己的观点或看法。从这点来说，语文在中高考中的地位提高有一定道理。说它不准确，有两个方面的理由：一是语文学科本来就重要，不是现在才变得重要，之所以产生这种错觉，是因为在应试教育的背景下，语文的重要性被弱化了；二是语文考试的难度并没有增加，增加的只是阅读思维的宽度和广度，考查的是阅读理解、信息筛选、应用写作、语言表达、批判性思维、辩证思维等关键能力。可以说，真正的素质教育必须重视语文，因为语文是工具，是基础。不少家长和教师认为课外阅读浪费学习时间，这主要是教育观念问题。他们之所以有这种想法，无非是认为考试才是最终目的，希望孩子可以把更多时间用在刷题上。他们只看到课标和教材的变化，以为考试还是过去那一套，其实，考试评价已发生深刻变革。目前，考试评价改革与新课标、新教材改革是同向同行的，都是围绕立德树人做文章。中共中央、国务院印发的《深化新时代教育评价改革总体方案》明确指出："稳步推进中高考改革，构建引导学生德智体美劳全面发展的考试内容体系，改变相对固化的试题形式，增强试题开放性，减少死记硬背和'机械刷题'现象。"显然就是要用中高考"指挥棒"引领素质教育。新高考招生录取强调"两依据，一参考"，即以高考成绩和高中学业水平考试成绩为依据，以综合素质评价为参考。这也就是说，高考成绩不再是高校选拔新生的唯一标准，不只看谁考的分数高，还要看谁更有发展潜力、更有创造性、综合素质更高，从而实现由"招分"向"招人"的转变。而这绝不是仅凭一张高考试卷能够区分出来的，"机械刷题"无助于全面发展，必须在课内学习的基础上，辅之以内容广泛的课外阅读，才能全面提高综合素养。

三、"爱阅读"助力成长

这套"爱阅读"丛书是为中小学生量身打造的，符合《义务教育语文课程标准》倡导的"好读书、读好书、读整本书"的课改理念，可以作为学生课内学习的有益补充。我一向认为，要学好语文，一要读好三本书，二要写好两篇文，三要养成四个好习惯。三本书指"有字之书""无字之书"和"心灵之书"，两篇文指"规矩文"和"放胆文"，四个好习惯指享受阅读的习惯、善于思考的习惯、乐于表达的习惯和自主学习的习惯。古人说"读万卷书，行万里路"，实际上就是要处理好读书与实践的关系。对于中小学生来说，读书首先是读好"有字之书"。

"有字之书"，有课本，有课外自读课本，还有"爱阅读"这样的课外读物。读书时我们不能眉毛胡子一把抓，要区分不同的书，采取不同的读法。一般说来，有精读，有略读。精读需要字斟句酌，需要咬文嚼字，但费时费力。当然也不是所有的书都需要精读，可以根据自己的需要决定精读还是略读。新课标提倡中小学生进行整本书阅读，但是学生往往不能耐着性子读完一整本书。新课标提倡的整本书阅读，主要是针对过去的单篇教学来说的，并不是说每本书都要从头读到尾。教材设计的练习项目也是有弹性的、可选择的，不可能有统一的"阅读计划"。我的建议是，整本书阅读应把精读、略读与浏览结合起来，精读重在示范，略读重在博览，浏览略观大意即可，三者相辅相成，不宜偏于一隅。不仅如此，学生还可以把阅读与写作、读书与实践、课内与课外结合起来。整本书阅读重在掌握阅读方法，拓展阅读视野，培养读书兴趣，养成阅读习惯。

再说写好两篇文。学生读得多了，素养提高了，自然有话想说，有自己的观点和看法要发表。发表的形式可以是口头的，也可以是书面的，书面表达就是写作。写好两篇文，一篇规矩文，一篇放胆文。规矩文重打基础，放胆文更见才气。规矩文要求练好写作基本功，包括审题、立意、选材、构思等，同时还要掌握记叙文、议论文、说明文、应用文的基本要领和写作规范。规矩文的写作要在教师的指导下进行。放胆文则鼓励学生放飞自我、大胆想象，各呈创意、各展所长，尤其是展现自己的应用写作能力、语言表达能力、批判性思维能力和辩证思维能力。放胆文的写作可以多种多样，除了大作文，也可以写小作文。有兴趣的还可以进行文学创作，写诗歌、小说、散文、剧本等。

学习语文还要养成四个好习惯。第一，享受阅读的习惯。爱阅读非常重要。每个同学都应该有自己的个性化书单，有的同学喜欢网络小说也没有关系，但需要防止沉迷其中，钻进"死胡同"。这套"爱阅读"丛书，就给中小学生课外阅读提供了大量古今中外的名家名作。第二，善于思考的习惯。在这个大众创业、万众创新的时代，创新人才的标准，已不再是把已有的知识烂熟于心，而是能够独立思考，敢于质疑，能够自己去发现问题、提出问题和解决问题，需要具有探究质疑能力、独立思考能力、批判性思维和辩证思维能力。第三，乐于表达的习惯。表达的乐趣在于说或写的过程，这个过程比说得好、写得完美更重要。写作形式可以不拘一格，比如作文、日记、笔记、随笔、漫画等。第四，自主学习的习惯。我的地盘我做主，我的语文我做主。不是为老师学，也不是为父母长辈学，而是为自己的精神成长学，为自己的未来学。

　　愿广大中小学生能借助这套"爱阅读"丛书，真正爱上阅读，插上想象的翅膀，飞向未来的广阔天地！

2021 年10 月15日

写于京东大运河畔之两不厌居

阅读准备

· 作品速览 ·

《革命烈士诗抄》是中国文学史上具有极高重要性的一部诗歌集，收录了许多中国革命烈士创作的诗篇。

· 文学特色 ·

《革命烈士诗抄》代表着中国无产阶级文学运动的一部分成果，在20世纪20年代至30年代的诗歌风格和时代主题上有着深刻的表现。这部诗集具备以下文学特色。

一、表现主义手法深入运用：《革命烈士诗抄》中许多诗篇从内心独白、意象和象征等视角运用表现主义手法，以展现出革命者内心的激烈冲突和强烈情感。

二、现实主义风格鲜明：《革命烈士诗抄》中的众多诗篇关注现实生活，反映革命烈士在革命斗争中的生活、战斗与情感，以及革命者对社会现实的关注。

三、革命主题视程度高：《革命烈士诗抄》强调了中国无产阶级革命运动，反对市侩主义、封建主义和资产阶级的压迫，强调个人的牺牲精神对于革命事业的重要性。

四、艺术多样性巧妙运用：《革命烈士诗抄》是艺术形式多样化的诗歌

1

集之一，革命烈士们以自由诗、古体诗、现代诗等诗歌形式，创作了这些动人的诗篇，增加了诗歌的表现力。

综上所述，中国文学史上重要的诗歌集《革命烈士诗抄》通过其独特的文学特色，强调无产阶级革命运动的主题，反映了时代特点，是中国现代诗歌发展中的里程碑。

2

"作品速览"，把握故事全貌、主题意蕴；"文学特色"，发掘作品深刻的文学价值，以增进理解，提高阅读效率。

阅读准备

名家心得

我想《革命烈士诗抄》不仅仅是一本值得反复去读的书，它更是一个永放光辉的理想，引领我们去生活，去奋斗。
——张海迪《革命理想高于天》

读者感悟

《革命烈士诗抄》汇集了一批顶天立地、英勇壮丽的革命烈士的诗篇。这些烈士们坚韧不拔，迎难而上地投身革命，用自己的血肉之躯换来了祖国的解放和人民的幸福。他们的诗篇跨越了时空的限制，充满了革命热血和爱国豪情，堪称革命精神的宝贵载体。

阅读这些作品，可以深刻感受到革命先烈们不屈不挠、坚定不移的精神风貌，以及他们英勇奋斗所带来的动人力量。这些作品不仅是伟大的精神，传出了先烈们对革命事业的热爱和信仰。

这本诗集所表达出的热血和豪情，令人心潮澎湃，油然生出对革命事业

239

革命烈士诗抄
GEMING LIESHI SHICHAO

真题演练

一、填空题

1.《革命烈士诗抄》是以＿＿为主题，作者将革命先烈的诗歌集结成册，表达了对革命先烈的敬重和感激之情，激励人们弘扬革命精神，迎接美好的未来。

A. 红色革命　　　　　B. 民族团结

C. 诚信友爱　　　　　D. 生态文明

二、问答题

阅读下面的文字，完成1～2题。

当今世界，社会主义同资本主义长期斗争，最终将在两个阶级、两条道路的斗争中决定胜负。为了胜利，我们要善于吸取先烈们的经验和教训，敢于探索，勇于创新，勇于开拓，不断开创新的局面。

1. 文中的"先烈们"指什么？

2. 如何吸取先烈们的经验和教训？

241

"名家心得"，听听名家怎么说；"读者感悟"，看看别人怎么想；"阅读拓展"，帮你丰富文学知识，增强艺术感受力；"真题演练"，考查阅读本书后的效果，是对阅读成果的巩固和总结。习题具有一定的延伸性和拓展性，对于没有回答上来的问题，读者可以借此发现阅读上的不足，心中带着疑问，为下一次的精读做好准备。

阅读总结

蔡锷（1首）

【作者简介】

蔡锷（1882—1916），祖籍湖南邵阳，近代著名的民主革命家、政治家、军事家，出生在一个贫苦的家庭，幼年在私塾学习，12岁中秀才，16岁被长沙时务学堂录取，拜梁启超、谭嗣同为师，后考入上海南洋公学。1899年，前往日本东京留学学习军事知识；1900年，回国参加自立军起义；1902年11月，被东京陆军士官学校录取；1904年，毕业归国，前往湖南、云南、广西各省担任新军教练。蔡锷因相貌英俊，教学严格，技艺娴熟，被称赞"人中吕布，马中赤兔"。1911年10月30日（农历九月初九），在昆明担任新军临时革命总司令，领导重九起义，攻占了云贵总督署，次日大中华云南军都督府成立，担任都督。1915年5月25日，袁世凯和日本帝国主义签订《二十一条》。蔡锷以赴日治病为由离京，后辗转到达云南，暗中组织和发动了反袁武装起义。12月25日，云南独立，蔡锷任护国军第一军总司令，与唐继尧等人发动护国战争，于1916年成功逼迫袁世凯取消帝制。7月6日，蔡锷担任四川督军兼省长，9月前往日本治喉癌，因医治无效，于11月8日在日本福冈病逝，年仅34岁。1951年，中央人民政府追认蔡锷为革命烈士。

3

不劳而食最可耻，活己无能焉⑥活人。

欲树真理先辟伪，辟伪方显理有真。

【注释】

①新旧约：指基督教《圣经》，由《新约》和《旧约》组成，这里代指西方宗教。

②元元：人民群众。

③晓：知道，明白。

④大同：大同社会，本指儒家的理想社会，这里指共产主义社会。

⑤怒涛：本义汹涌的波涛，这里指声势浩大的革命事业。

⑥焉：怎么。

解释重难点，
便于理解。

了解诗歌的历史
背景。

【创作背景】

车耀先从参军到担任旅长，参加了多次军阀混战，并因此受伤而退役。30岁后，他眼见中国混乱的局势，急于寻找救国之路。起初，他以为基督教可以拯救世人，后来发现宗教只不过是帝国主义侵略中国的工具，于是创立了"中华基督教改进会"。接着，他对马克思主义理论进行深入研究，发现只有马克思主义才能推翻剥削阶级，解放被压迫的人民，于是果断加入中国共产党，并于1929年左右写下了这首诗。作者用诗歌揭露了宗教的骗局，表达了自己要为创立"大同社会"而投身到人民群众革命斗争中的决心，同时指出声势浩大的革命运动必然会推翻腐朽政权，使人民成为国家的主人，最后鼓励大家去伪存真，深入学习马克思主义的真理，表达了作者推翻剥削阶级、解放全人类的宏伟志向，极具气势。

11

Contents

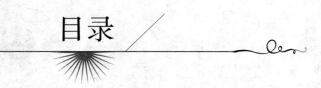

目录

·作品速览·

《革命烈士诗抄》是中国文学史上具有极高重要性的一部诗歌集，收录了许多中国革命烈士创作的诗篇。

·文学特色·

《革命烈士诗抄》代表着中国无产阶级文学运动的一部分成果，在 20 世纪 20 年代至 30 年代的诗歌风格和时代主题上有着深刻的表现。这部诗集具备以下文学特色。

一、表现主义手法深入运用：《革命烈士诗抄》中许多诗篇从内心独白、意象和象征等视角运用表现主义手法，以展现出革命者内心的激烈冲突和强烈情感。

二、现实主义风格鲜明：《革命烈士诗抄》中的众多诗篇关注现实生活，反映革命烈士在革命斗争中的生活、战斗与情感，以及革命者对社会现实的关注。

三、革命主题重视程度高：《革命烈士诗抄》强调了中国无产阶级革命运动，反对帝国主义、封建主义和资产阶级的压迫，强调个人的牺牲精神对于革命事业的重要性。

四、艺术多样性巧妙运用：《革命烈士诗抄》是艺术形式多样化的诗歌集之一，革命烈士们以自由诗、古体诗、现代诗等诗歌形式，创作了这些动人的诗篇，增加了诗歌的表现力。

综上所述，中国文学史上重要的诗歌集《革命烈士诗抄》通过其独特的文学特色，强调中国无产阶级革命运动的主题，反映了时代特点，是中国现代诗歌发展中的里程碑。

蔡锷（1首）

【作者简介】

蔡锷（1882—1916），祖籍湖南邵阳，近代著名的民主革命家、政治家、军事家，出生在一个贫苦的家庭，幼年在私塾学习，12岁中秀才，16岁被长沙时务学堂录取，拜梁启超、谭嗣同为师，后考入上海南洋公学。1899年，前往日本东京留学学习军事知识；1900年，回国参加自立军起义；1902年11月，被东京陆军士官学校录取；1904年，毕业归国，前往湖南、云南、广西各省担任新军教练。蔡锷因相貌英俊，教学严格，技艺娴熟，被称赞"人中吕布，马中赤兔"。1911年10月30日（农历九月初九），在昆明担任新军临时革命总司令，领导重九起义，攻占了云贵总督署，次日大中华云南军都督府成立，担任都督。1915年5月25日，袁世凯和日本帝国主义签订《二十一条》。蔡锷以赴日治病为由离京，后辗转到达云南，暗中组织和发动了反袁武装起义。12月25日，云南独立，蔡锷任护国军第一军总司令，与唐继尧等人发动护国战争，于1916年成功逼迫袁世凯取消帝制。7月6日，蔡锷担任四川督军兼省长，9月前往日本治喉癌，因医治无效，于11月8日在日本福冈病逝，年仅34岁。1951年，中央人民政府追认蔡锷为革命烈士。

护国岩铭

护国之要，惟铁与血[1]。

精诚所至，金石为裂。[2]

嗟彼袁逆[3]，炎隆耀赫[4]。

曾几何时，光沉响绝。

天厌凶残，人诛秽德[5]。

叙泸之役[6]，鬼泣神号。

出奇制胜，士勇兵骁。

鏖战匝月[7]，逆锋大挠[8]。

河山永定，凯歌声高。

勒铭危石[9]，以励同袍。

【注释】

①铁与血：铁一般的意志力和满腔热血。

②精诚所至，金石为裂：化用"精诚所至，金石为开"，形容只要专心诚意去做一件事，就一定能够获得成功。

③袁逆：指袁世凯。

④炎隆耀赫：指袁世凯权势熏天。

⑤秽德：品德败坏的东西，对袁世凯的蔑称。

⑥叙泸之役：指四川泸州会战。

⑦匝月：好几个月。

⑧逆锋大挠：逆贼被打败。

⑨勒铭危石：在高山上题字。

【创作背景】

袁世凯和日本帝国主义签订《二十一条》，此举深深地刺痛了蔡锷。于是，蔡锷以治病为由离开北京，辗转到达昆明，组织和发动反袁武装起义。1915 年 12 月 12 日，袁世凯宣布取消民国，改民国五年（即 1916 年）为洪宪元年，公然复辟帝制。12 月 25 日，蔡锷任护国军第一军总司令，与唐继尧等人分三路军发动了讨伐袁世凯的护国战争。1916 年，护国军在四川泸州纳溪一带击垮袁军，袁世凯被迫取消帝制。护国战争取得胜利后，蔡锷和老友们重游纳溪，有感而发，在永宁河岸的石壁上写下了这首《护国岩铭》，同时挥笔题写了"护国岩"三个大字，纳溪由此更名为"护国镇"。诗歌言简意赅、雄浑豪迈，展现了蔡锷作为护国英雄对民主政体至死不渝的坚守。

蔡和森（1 首）

【作者简介】

　　蔡和森（1895—1931），中国共产党初期杰出的领导人之一，共产主义战士、革命家，"中国共产党"这一名称的最早提出者。蔡和森原籍湖南省湘乡县永丰镇（今属双峰县），但他出生在上海。1913 年，蔡和森被湖南省立第一师范录取，在校期间，与毛泽东等人结识，共同组织了新民学会，创办了《湘江评论》，宣传革命思想，参加了"五四"运动，1919 年到法国留学。1921 年归国，先后担任中央局委员、中央政治局委员、中央政治局常委等重要职位。1931 年，他前往香港组织和发动广州地下工人运动，在行动中被叛徒出卖而入狱，在广州军政监狱被杀害，年仅 36 岁。

诗一首

君不见，

武王伐纣汤伐桀①，

革命功劳名赫赫。

又不见，

詹姆斯②被民众弃，

查理士③死民众手。

路易十四④招民怨，

路易十六⑤终上断头台。

俄国沙皇尼古拉,

偕同妻儿伴狗死。

民气伸张除暴君,

古今中外率如此。

能识时务为俊杰,

莫学冬烘迂夫子⑥。

【注释】

①武王伐纣汤伐桀:商朝最后一位君王纣,因为残暴昏庸被周武王率兵打败,商朝覆灭,周朝建立,"汤伐桀"这句话化用的是"汤武革命"这一历史事件。

②詹姆斯:指英国国王詹姆斯一世,他残暴无道,横征暴敛,残害清教徒,间接促使英国爆发了资产阶级革命。

③查理士:詹姆斯一世之子查理一世,也是英国国王,打压国会和新兴工商业,直接导致英国资产阶级革命爆发,自己也被国会处死。

④路易十四:法国国王与纳瓦拉国王,自称"太阳王",是世界历史上在位时间最长的国家君主,在位期间多次发动对外战争,虽然使自己成了西欧霸主,但给国家造成了过重的战争负担,最后爆发了大规模农民起义,促使法国专制制度走向了没落。

⑤路易十六:法国国王,法兰西波旁王朝复辟前最后一位国王,因无法处理国内尖锐的阶级矛盾而引发法国大革命,最终被处死。

⑥迂夫子:指迂腐的书呆子。

【创作背景】

　　1918 年初，俄国十月革命胜利消息传到中国，蔡和森得知布尔什维克党用武装力量推翻了资产阶级临时政府，建立了新政权的情况后，难以抑制内心的激动，当即在朋友的笔记本上写下了这首诗。诗歌化用典故，以古今中外人民战胜残暴封建君主的历史事件为例，证明了残暴的统治者必失人心，一旦人民的意愿释放，就一定会除掉这些残暴的君主，提醒人们睁眼看世界，不要再做头脑迂腐、见识浅薄的迂夫子。有压迫就会有反抗，社会革命必定会爆发，革命就要来了。蔡和森通过俄国布尔什维克革命的胜利看到了社会革命的合理性和成功的必然性，从而坚定了人民革命胜利的信念，同时此诗也鼓舞了广大人民的革命热情。

车耀先（4首）

【作者简介】

车耀先（1894—1946），中国共产党党员，出生于四川大邑县一个小商贩家庭。17 岁加入了四川保路同志会，后任川军团长。34 岁正式加入中国共产党，参与并指挥了四川爱国救亡运动。1937 年创办《大声周刊》，后改名为《大生》《图存周刊》，宣传共产党抗日救国思想，突破了国民党的消息封锁，让身处国民党统治区的群众真正了解了共产党的革命活动。1940 年，国民党反动派制造了骇人听闻的"成都抢米事件"，车耀先被捕，先后被关进了重庆军统望龙门监狱、贵州息烽监狱、重庆中美合作所白公馆监狱。1946 年 8 月 18 日，国民党特务在松林坡原戴笠停车场将车耀先和罗世文残忍杀害。

自誓诗①

喜见东方瑞气②升，不问收获问耕耘。

愿以我血献后土③，换得神州④永太平。

【注释】

①自誓诗：自我宣誓的诗歌，以此表明自己的志向和决心。

②瑞气：代表吉祥的气息。

③后土：大地，这里指革命事业。

④神州：指中国。

【创作背景】

　　作为贫寒商贩之家的子弟，车耀先在青少年时期亲眼见证了社会的黑暗和国民党反动派的腐败，对民间疾苦深有体会。于是，青年时期他加入了四川保路同志会，中年时期找到了共产党组织，并积极加入共产党。本诗便是车耀先在正式成为一名共产党员后写下的宣誓诗。在他看来，只有中国共产党及其所领导的中国工农阶级才能真正解放全中国，使整个神州大地充满吉祥的气息，因此他"不问收获问耕耘"，甘愿奉献自己，并且发誓要将自己的鲜血献给革命事业，以此换来中国的永久太平。现实中，他也是这样去做的，他积极组织和领导四川爱国救亡运动，为宣传革命思想创办刊物，被国民党反动派关进监狱后，面对威逼利诱，他面不改色，最终被国民党反动派残忍杀害，用生命践行了自己"愿以我血献后土，换得神州永太平"的誓言。

自誓诗（3 首）

　　　　幼年仗剑怀佛心，放下屠刀求真神。
　　　　读破新旧约①千遍，宗教不过欺愚民。

　　　　投身元元②无限中，方晓③世界可大同。
　　　　怒涛④洗净千年迹，江山从此属万众。

不劳而食最可耻，活己无能焉⑤活人。

欲树真理先辟伪，辟伪方显理有真。

【注释】

①新旧约：指基督教《圣经》，由《新约》和《旧约》组成，这里代指西方宗教。

②元元：人民群众。

③晓：知道，明白。

④大同：大同社会，本指儒家的理想社会，这里指共产主义社会。

⑤怒涛：本义汹涌的波涛，这里指声势浩大的革命事业。

⑥焉：怎么。

【创作背景】

车耀先从参军到担任旅长，参加了多次军阀混战，并因此受伤而退役。30 岁后，他眼见中国混乱的局势，急于寻找救国之路。起初，他以为基督教可以拯救世人，后来发现宗教只不过是帝国主义侵略中国的工具，于是创立了"中华基督教改进会"。接着，他对马克思主义理论进行深入研究，发现只有马克思主义才能推翻剥削阶级，解放被压迫的人民，于是果断加入中国共产党，并于 1929 年左右写下了这些诗。作者用诗歌揭露了宗教的骗局，表达了自己要为创立"大同社会"而投身到人民群众革命斗争中的决心，同时指出声势浩大的革命运动必然会推翻腐朽政权，使人民成为国家的主人，最后鼓励大家去伪存真，深入学习马克思主义的真理，表达了作者推翻剥削阶级、解放全人类的宏伟志向，极具气势。

陈辉（1 首）

【作者简介】

陈辉（1920—1945），原名吴盛辉，湖南常德人，生于一个商人家庭，抗日烈士、革命诗人。14 岁进入湖南省立三中学习，17 岁加入中国共产党，积极参加抗日运动。1937 年 7 月，抗日战争全面爆发，陈辉在党组织的安排下前往延安"抗大"学习。次年，到华北联合大学学习，完成学业后奔赴晋察冀边区，在通讯社当记者。1940 年，到平西涞涿县担任青救会宣传委员等职，在此期间创作了许多革命性诗作，并发表在《晋察冀日报》《诗建设》《群众文化》《子弟兵》《鼓》等诸多抗日根据地的报刊上。1945 年，陈辉为躲避日本特务前往韩村，2 月 8 日清晨，因叛徒出卖，陈辉所住的小院被特务魏庆林、张杰英持枪闯入。陈辉和通讯员王厚祥在屋中拼死抵抗。紧急关头，年仅 24 岁的陈辉拉响了一枚手榴弹，与敌人同归于尽。

为祖国而歌

我，

埋怨，

我不是一个琴师。

祖国呵，

因为我是属于你的，

一个大手大脚的

劳动人民的儿子。

我深深地

深深地

爱你！

我呵，

却不能，

像高唱马赛曲①的歌手一样，在火热的阳光下，

在那巴黎公社②战斗的街垒旁，拨动六弦琴丝，

让它吐出

震动世界的，

人类的第一首

最美的歌曲，

作为我

对你的祝词。

我也不会

骑在牛背上，

弄着短笛。

也不会呵，

在八月的禾场上，

把竹箫举起，

轻轻地

轻轻地吹；

让箫声

飘过泥墙，

落在河边的柳荫里。

然而，

当我抬起头来，

瞧见了你，

我的祖国的

那高蓝的天空，

那辽阔的原野，

那天边的白云

悠悠地飘过，

或是

那红色的小花，

笑眯眯地

从石缝里站起。

我的心啊，

多么兴奋，

有如我的家乡，

那苗族的女郎，

在明朗的八月之夜，

疯狂地跳在一个节拍上，

……

我的祖国呵，

我是属于你的，

一个紫黑色的年轻的战士。

当我背起我的

那枝陈旧的"老毛瑟"③，

从平原走过，

望见了

敌人的黑色的炮楼，

和那炮楼上

飘扬的血腥的红膏药旗，

我的血呵，

它激荡，

有如关外

那积雪深深的草原里，

大风暴似的，

急驰而来的，

祖国的健儿们的铁骑……

祖国呵，
你以爱情的乳浆，
养育了我；
而我，
也将以我的血肉，
守卫你啊！

也许明天，
我会倒下；
也许在砍杀之际，
敌人的枪尖，
戳穿了我的肚皮；
也许吧，
我将无言地死在绞架上，
或者被敌人
投进狗场。
看啊，
那凶恶的狼狗，
磨着牙尖，
眼里吐出
绿色莹莹的光……

祖国呵，

在敌人的屠刀下，

我不会滴一滴眼泪，

我高笑，

因为呵，

我——

你的大手大脚的儿子，

你的守卫者，

他的生命，

给你留下了一首

崇高的"赞美词"。

我高歌，

祖国呵，

在埋着我的骨骼的黄土堆上，

也将有爱情的花儿生长。

1942年8月10日，初稿于八渡

【注释】

①马赛曲：法国作曲家鲁热·德·利尔在大革命期间创作的战斗歌曲。

②巴黎公社：1871年3月，法国人民建立的统治巴黎的临时政府，是第一个无产阶级政权的雏形。

③老毛瑟：指毛瑟步枪。

【创作背景】

陈辉不但是英雄烈士，也是杰出的革命诗人。他在六年的战斗生活中写下了万行长短诗，诗歌主要收录在诗集《十月的歌》中。诗人用独特的视角和感受来写诗，无论是场面还是细节都极具感染力。读者在品味诗歌的意境时能感受到诗人炽热的爱国情怀。

陈其美（1 首）

【作者简介】

陈其美（1878—1916），字英士，中国近代民主革命家，被孙中山评为"民国起义首功之人"。1878 年，出生于浙江湖州一个商人家庭。28 岁时，东渡日本留学，后加入中国同盟会，与蒋介石、黄郛结拜。1908 年归国，在孙中山的派遣下联络浙沪京津各地的革命党人。1909 年，先后创办《中国公报》《民声丛报》，大力宣传革命。1910 年，和宋教仁、谭人凤等人共同组建了中国同盟会中部总会。1911 年，在上海组织并发动了武装起义，攻占浙江巡抚衙门，后发动苏浙镇沪联军攻克南京。1915 年，在上海策划并成功暗杀了上海镇守使、海军上将郑汝成，接着发动了肇和舰起义。1916 年 5 月 18 日，在日本人山田纯三郎的寓所被袁世凯派人暗杀，年仅 38 岁。

诗　语

死不畏死，生不偷生。
男儿大节，光与日争。
道之苟①直，不惮鼎烹②。
渺然③一身，万里长城。

【注释】

①苟：如果。

②鼎烹：用锅煮。

③渺然：渺小。

【创作背景】

晚清到民国是中国三千年未有的局势大变动时期，是由无数仁人志士的信仰、热血凝聚而成的。陈其美是这个时期具有巨大影响力的先觉者之一，他平时非常喜欢用一些铿锵有力、朗朗上口的言辞来鼓励自己和同志，但他并不擅长写诗文，所留下的诗文作品也很少。这首《诗语》工整铿锵、语义简明，人不畏惧死亡，也不能苟且偷生，男子汉更要有伟大的志向，与太阳争光辉，为了追求心中大道，即使被放在锅里煮也毫不惧怕，一个人虽然是渺小的，但是为信念和革命事业奋斗，就能让自己实现万里长城般的伟大成就。

陈然（1首）

【作者简介】

陈然（1923—1949），原名陈崇德，生于河北省香河县，是经典革命小说《红岩》中成岗的人物原型。1938年，陈然在鄂西参加了抗日救亡运动和"抗战剧团"。1939年3月，他加入中国共产党，之后前往重庆。内战爆发后，重庆陷入白色恐怖之中，陈然参与创办了《彷徨》杂志。1947年夏天，他担任了《挺进报》特支组织委员、书记，负责最机密的印刷任务。1948年4月22日，因为叛徒出卖，陈然被特务抓捕并关进了军统白公馆监狱，1949年10月28日在重庆大坪被国民党特务枪杀。他面对枪口高喊"毛主席万岁！""中华人民共和国万岁！"，然后壮烈牺牲。

我的"自白"书

任脚下响着沉重的铁镣，
任你把皮鞭举得高高，
我不需要什么自白①，
哪怕胸口对着带血的刺刀！

人，不能低下高贵的头，
只有怕死鬼才乞求"自由"；

毒刑拷打算得了什么？

死亡也无法叫我开口！

对着死亡我放声大笑，

魔鬼的宫殿^②在笑声中动摇；

这就是我——一个共产党员的自白，

高唱凯歌埋葬蒋家王朝。

【注释】

①自白：用书面形式讲述自己的意图、目的或秘密等。

②魔鬼的宫殿：指国民党反动派关押百姓和革命者的监狱。

③蒋家王朝：代指以蒋介石为首的国民党反动集团。

【创作背景】

陈然被国民党特务关进白公馆集中营后，又转移到重庆渣滓洞监狱。在狱中，他受尽酷刑，坚贞不屈。特务逼迫他写"自白书"，他便写下了这首震撼人心的《我的"自白"书》。诗歌一开篇就指出铁镣和皮鞭不能让人写出所谓的"自白"，因为"我"并没有犯错，所以不需要"自白"，即便面对敌人的刺刀也是如此，人不能低下自己高贵的头颅，只有怕死鬼才会乞求自由，毒刑拷打在"我"的眼里根本算不上什么，就连死亡也无法叫"我"开口！这是多么铿锵有力、豪迈无畏的气魄！面对死亡，诗人甚至"放声大笑"，魔鬼的宫殿也因为"我"的笑声而颤动！这就是一个共产党员的自白。最后诗人指出"高唱凯歌埋葬蒋家王朝"，表达了自己对革命胜利的坚定信念和对蒋家王朝的深恶痛绝。

陈寿昌（1首）

【作者简介】

陈寿昌（1906—1934），浙江镇海人，16岁到郑州电报局工作。1923年2月7日，京汉铁路工人大罢工爆发，陈寿昌积极参与到声援工人斗争的运动中，1924年加入中国共产党。1927年6月20日，陈寿昌当选为中华全国总工会执行委员会委员、常委。1928年，陈寿昌到中共中央特科以无线电老板身份做掩护从事情报工作，为党组织营救同志、揪出叛徒和打击敌人等各方面工作提供了助力。1934年，陈寿昌带部队成功转移江西万载仙源山上的伤病员，改组并带领红十六师进行游击战。11月，在湖北崇阳老虎洞遭遇国民党军队重兵围攻，陈寿昌在激战中中弹牺牲，年仅28岁。

诗一首

身许马列①安等闲②，报效工农岂知艰。
壮志未酬身若死，亦留忠胆照人间③。

1933年底

【注释】

①马列：马克思列宁主义，指共产党。

②等闲：指凡夫俗子、普通人。

③亦留忠胆照人间：化用文天祥《过零丁洋》中"人生自古谁

无死，留取丹心照汗青"。

【创作背景】

1932 年，陈寿昌被任命为中华全国总工会苏区中央执行局党团书记。1933 年底，蒋介石调集重兵对中央根据地发起了第五次"围剿"，接着派大军进攻湘鄂赣根据地。陈寿昌临危受命，前往湘鄂赣根据地担任省委书记兼军区政治委员。这首诗便写于 1933 年底，作者写道，自从加入了中国共产党就注定这一辈子是不平凡的，报效国家解救工农的道路十分艰险，假如解放中国的志向还没有实现就已经身死了，把自己的爱国之心留在人间也就足够了。这首诗是这位革命烈士短暂却伟大的一生的真实写照，体现了诗人深深的爱国情怀，对革命事业的绝对忠诚及视死如归的精神。

陈天华（1首）

【作者简介】

陈天华（1875—1905），原名显宿，字星台、过庭，号思黄，湖南新化人，辛亥革命时期著名的革命家和宣传家、中国同盟会会员、华兴会创始人、反清烈士。1896年，陈天华进入新化资江书院学习，两年后进入新化实学堂；1903年，赴日本留学，在日本参与组织了"拒俄义勇队""军国民教育会"；1904年回国，参与组织"华兴会"，并且筹备和发动长沙起义；1905年，协助孙中山创建同盟会，并起草《革命方略》。1905年12月7日，陈天华为了抗议日本政府推出的《清国留学生取缔规则》，写下了绝命书，决定用自我牺牲来激发国人的爱国意识。12月8日，他在东京大森海湾跳海殉国，年仅30岁。陈天华在宣传革命期间，写下了许多作品，其中《猛回头》《警世钟》揭露了列强侵略瓜分中国和清政府卖国的种种罪行，引起了极大的反响，成了当时最强有力的宣传革命的号角与警钟。

猛回头（节选）

大地沉沦几百秋①，
烽烟滚滚血横流。
伤心细数当时事，
同种②何人雪耻仇？

......

瓜分互剖逼人来，

同种沉沦剧可哀。

太息③神州今去矣，

劝君猛省莫徘徊。

【注释】

①几百秋：几百年。

②同种：指中华同胞。

③太息：叹气。

【创作背景】

1903 年，陈天华在日本东京完成并出版了《猛回头》一书，该书用白话文写成，并且采用了民间说唱的文学形式，语言通俗，内容鲜明。作者在书中，先讲汉族的悠久历史，再讲中国社会的动荡，对列强侵华行为进行了有力地控诉，同时指出清政府已经成了列强的"代言人"，抨击了勤王立宪行为，向国人说明了中国所面临的严重危机，进而宣传反帝反封建革命思想，号召大家团结起来，驱逐列强，推翻清政府，建立民主共和制度，在社会上引起了强烈的反响。节选部分是《猛回头》的引子和尾声，我们通过首尾激昂的言辞，可以感受到作者深厚的爱国情怀和对革命的一腔赤诚，感受到作品巨大的魅力和影响力。1905 年 12 月 8 日，作者跳海殉国，次年 5 月，其灵柩被运回长沙时，国内各界民众不畏惧清政府的阻挠，前来送葬，人数多达万人，绵延十几里。

陈毅安（1首）

【作者简介】

陈毅安（1905—1930），又名陈斌，湖南湘阴县界头铺镇人，学生时期积极参与爱国运动，1922年成为中国社会主义青年团团员，1924年正式转为中国共产党党员。1926年，陈毅安从黄埔军校毕业，担任国民革命军教导师三团三营七连连长兼党代表。次年秋季，参加毛泽东发起的秋收起义，并且跟随部队到达井冈山，担任工农革命军第一师一团的连长、营长，成为井冈山革命根据地创建斗争的重要成员之一。1928年，担任红四军三十一团副团长兼一营营长，带领部队参加了七坳岭防守、进攻龙源口和包围永新城等战役，后担任黄洋界保卫战的指挥员。11月，带领部队接应红五军上井冈山，在战斗中受伤，被迫到湘阴养伤。1930年夏季重返战场，担任红八军第一纵队纵队长和长沙战役总指挥，协助红三军团进攻长沙。8月7日，陈毅安带领部队掩护军团机关转移，在战斗中不幸中弹，因伤势过重而牺牲，年仅25岁。

答未婚妻

寄生者①治人，

享受世界上一切权利；

生产者治于人。

所得的代价只有无期的冻饿。

唉！这是圣人孔孟②的道德吗？
这是上帝耶稣的博爱吗？
这是南无阿弥陀佛③的慈悲吗？
什么道德、博爱、慈悲，都是一些骗人的鬼话。

创造世界的工农们，
我们赶快地团结起来呀！
死气沉沉的黑暗世界，
要用我们的热血染它个鲜红。

我们要冲破压迫阶级束缚我们的藩篱④，
我们惟一的法门——勇敢奋斗！
只要我们努力，
胜利终究要属于我们的，
让我们高呼预祝世界革命成功的口号啊！

【注释】

①寄生者：寄生是指一种生物依靠另一种生物提供生存营养、居住场所等，这里的"寄生者"指的是依靠百姓而生存的作威作福的剥削阶层。

②孔孟：孔子和孟子，这里指迂腐的封建礼教制度。

③南无阿弥陀佛：代指佛教。

④藩篱：篱笆，比喻屏障或界限。

【创作背景】

1926 年，陈毅安同志从黄埔军校毕业，并且担任国民革命军教导师三团三营七连连长兼党代表。8 月，他给未婚妻李志强写了一封信，同时写下了这首诗。在信中，他对未婚妻说："革命的战争，就是要实现世界永久的和平，绝对不同于军阀争权夺利的战争。"在诗中他告诉她：生产者才是这个世界真正的主人，那些作威作福的统治者不过是寄生者，这个世界不公平，不要去相信统治者们所谓的道德、博爱、慈悲等骗人的鬼话，工农们应该团结起来，用鲜血去打破藩篱，用勇气和努力去赢得胜利，创建一个没有压迫和剥削的世界。陈毅安的未婚妻只是个普通的邮电局女工，她不是革命者，但她对陈毅安的革命事业非常支持，识大体顾大局，甘愿把心上人送到革命前沿去流汗洒血。正是如此，陈毅安在写给未婚妻的信中才能如此慷慨激昂地谈论世界、谈论革命，表达自己要推翻腐败政府，解放全中国的革命信念。这种彼此理解、相互支持的爱情，令人无限感动。

邓恩铭（4首）

【作者简介】

邓恩铭（1901—1931），生于贵州荔波，水族人，中国共产党创始人之一。邓恩铭在青少年时期就有忧国忧民的情怀，他曾参加抗日讨袁的爱国活动，后到济南山东省立第一中学就学。五四运动爆发后，他积极组织和发动学生运动。1920年，与王尽美等人一起创办了"励新学会"和《励新》半月刊，共同研讨和宣传马克思学说，同年加入中国共产党。1921年，邓恩铭参加中国共产党第一次全国代表大会，1922年前往莫斯科参加远东各国共产党和民族革命团体第一次代表大会，受到列宁的接见。1925年，他发动青岛胶济铁路工人大罢工。1927年4月，邓恩铭前往武汉参加中共第五次全国代表大会，后被任命为中共山东省执行委员会书记。次年，因叛徒出卖，邓恩铭在济南被国民党逮捕入狱。在狱中，他带领狱友们以绝食进行抗争，两次组织大家越狱，帮助部分狱友脱离险境。1931年4月5日，邓恩铭被国民党押到济南市纬八路刑场枪杀，牺牲时年仅30岁。

诀　别

三一年华^① 转瞬间，壮志未酬奈何天^②。
不惜唯我身先死，后继频频^③ 慰九泉。

【注释】

①年华：年龄。

②奈何天：指没有办法。

③频频：接连不断，这里指后继的革命者非常多。

【创作背景】

1928年，邓恩铭因叛徒出卖被捕。他在狱中依旧坚持战斗，带领狱友绝食，组织越狱，帮助部分狱友脱离险境，展现了共产党员坚贞不屈、英勇无畏的品质。在济南监狱中，他给母亲写了一封信，这首诗是随着信一起寄给母亲的。诗中有对年华易逝的惋惜，有对壮志难酬的遗憾，但更多的是一位革命者不怕牺牲，甘愿用鲜血去唤醒更多的人，壮大革命队伍和力量的决心。这首《诀别》正是这位革命先烈在就义前忠贞无畏、热爱革命的真实写照。

述　志①

赤日炎炎辞荔城②，前途茫茫③事无分④。

男儿立下钢铁志，国际民生⑤焕然新。

【注释】

①述志：陈述志向，表达情怀。

②茫茫：看不清楚的意思。

③无分：没有机缘，指没办成。

④荔城：贵州荔波城。

⑤国际民生：国计民生，指国家经济与人民生活情况。

【创作背景】

1917 年，16 岁的邓恩铭离开故乡荔波，踏上了前往山东济南的旅程。这首诗便是他离开之前所写的，以此抒发志向和情怀。诗人在诗中写道自己在炎炎烈日下离开荔波，前途看不清也不知道事情能否成功，但是男子汉既然立下了志愿，就要用钢铁般的意志力去实现它，让国家经济和人民生活都焕然一新。诗歌不但写出了一个青少年对前途的担忧，更展现了诗人忧国忧民的情怀，以及要改变社会现实的坚定决心，正是这种伟大的情怀与非凡志向，为后来他成为中国共产党重要创始人之一奠定了基础。

答　友

君问归期未有期^①，乡关回首甚依依^②。
春雷^③一声震大地，捷报频传是归期。

【注释】

①君问归期未有期：引用李商隐《夜雨寄北》中的诗句，道明写诗的缘由和归期未定的情况。

②乡关回首甚依依：化用崔颢《黄鹤楼》中"日暮乡关何处是"，表达作者对故乡依依不舍之情。

③春雷：胜利的消息。

【创作背景】

这首诗也是邓恩铭在离开家乡前往山东时所写的，根据题目可知，诗歌是写给同学的。"君问归期未有期，乡关回首甚依依。"

你问我何时能回来，我不知道，回首看看故乡心中依依不舍。诗的前两句通过引用和化用诗句的方式体现了诗人对故乡和亲友的不舍，以及感慨前途渺茫的心情。"春雷一声震大地，捷报频传是归期。"诗人展望未来，想象革命胜利的消息震撼大地，频频传来捷报，这个时候便是自己回家乡的时候。

平 权

男女平权非等闲①，木兰替父出戍边②。

自古多少忠烈士，谁谓女子甘痴眠③。

【注释】

①等闲：平凡，普通。

②木兰替父出戍边：化用木兰替父从军的典故。

③痴眠：贪恋睡眠，这里指浑浑噩噩的状态。

【创作背景】

这首《平权》是邓恩铭在济南时为家乡荔波的女同学所写的。诗歌围绕"男女平权"展开，大意为：男女想要权利平等并不是普通的事，木兰替父从军戍守边疆，从古至今多少英雄烈士，有谁说女子就甘心浑浑噩噩被男权欺压过日子？诗歌只有四句，言简意赅，铿锵有力，激发了家乡女同学们推翻腐败政府，建立男女平等社会的革命斗志。

邓中夏（3 首）

【作者简介】

邓中夏（1894—1933），湖南省宜章县人，马克思主义理论家，工人运动杰出领袖，先后在族办私塾、宜章县高等小学堂、郴郡第七联合中学、长沙湖南高等师范学校和北京大学学习。1920 年，邓中夏加入北京共产主义小组。次年，当选为社会主义青年团北京地方执行委员会书记，先后担任了中国劳动组合书记部主任、中共社会主义青年团中央执行委员、上海大学总务长，期间组织和领导京汉铁路工人二七大罢工，先后创办《劳动音》《中国青年》等杂志。1925 年，邓中夏任中华全国总工会秘书长兼宣传部长，领导了省港大罢工。1928 年，邓中夏以中华全国总工会驻赤色职工国际代表身份前往莫斯科，归国之后先任湘鄂西特委书记，后任全国赤色互济会总会主任兼党团书记。1933 年 5 月，邓中夏在上海被国民党反动派逮捕，9 月 21 日在南京雨花台英勇就义，年仅 39 岁。

胜 利

哪有斩不除的荆棘^①？
哪有打不死的豺虎^②？
哪有推不翻的山岳？
你只须奋斗着，

猛勇地奋斗着；

持续着，

永远的持续着。

胜利就是你的了！

胜利就是你的了！

【注释】

①荆棘：在山野中丛生的带棘的小灌木，因容易阻塞道路被人们引申为艰难、险阻。

②豺虎：豺和虎，比喻凶狠残暴的敌人、侵略者。

【创作背景】

邓中夏是马克思主义理论家、工人运动领袖，也是中国共产党创始人之一。他在北京大学学习了马克思主义后，决定要动员人民群众参与解放运动，于是带着满腔热情跑到大街上动员洋车夫起义，但很少有人响应他的号召。洋车夫们的车被警察砸烂，邓中夏不得不将所有积蓄拿来赔给洋车夫们。动员洋车夫行动失败，邓中夏被校友嘲笑，被父亲责骂，甚至中断了他的生活费。但他并不气馁，而是仔细分析原因后，将动员对象转为有组织的产业工人。于是，他就到北京长辛店铁路工厂创立了劳动补习学校，通过教学方式向工人们宣传革命理论，开启了中共现代职工运动的序幕。通过邓中夏这首《胜利》我们可以体会到，作者明知革命的道路充满了"荆棘""豺虎"和"山岳"，但坚信这些东西是能铲除的。他提出只要大家团结起来，不断奋斗，就能消除革命道路上的艰难险阻，赢得革命的胜利。诗歌开篇用了三个反问句形成排比，结尾采用反复手法，强调"胜利就是你的了"，具有极强的气势和震撼力，激发了工人们的革命热情，鼓舞士气。

过洞庭

莽莽①洞庭湖，五日两飞渡②。

雪浪拍长空，阴森疑鬼怒③。

问今为何世？豺虎满道路。

禽狝歼除之④，我行适我素⑤。

莽莽洞庭湖，五日两飞渡。

秋水含落晖⑥，彩霞如赤炷⑦。

问将为何世？共产均贫富。

惨淡⑧经营之，我行适我素。

【注释】

①莽莽：形容水面广阔无边。

②两飞渡：指的是两次渡过洞庭湖。指邓中夏曾为革命事业奔波在汉口和长沙之间，数日内两渡洞庭湖。

③阴森疑鬼怒：阴森的情景像鬼在怒吼一样。

④禽狝（xiǎn）歼除之：像捕杀禽兽一样歼除它。

⑤我行适我素：适，适合、趋向。素，生平的意愿。意思是我的行为向着我的意愿靠近，我正为了革命事业而奋斗。

⑥落晖：落日的余晖。

⑦赤炷：红色的火炬，比喻革命力量蓬勃发展。

⑧惨淡：形容革命事业的艰辛和不易。

【创作背景】

这首诗是邓中夏于 1920 年的秋天创作的。邓中夏此时已经历了五四运动的洗礼，接触到了马克思主义思想，接受了共产主义。这一年邓中夏为宣传马克思主义而奔波忙碌，通过深入的学习和实践，他更加坚定了马克思主义的信念。邓中夏为了革命事业在汉口和长沙之间来回奔走，途中看到洞庭湖壮观的景色，不禁有感而发，创作了这首诗，揭露了军阀混战的黑暗，表明了自己与黑暗势力斗争到底的决心。

送李启汉①同志赴□□

去罢②！战士呀！

我们是为群众而入牢狱的。

我们从牢狱出来，

我们仍回群众间去。

战士呀！去罢！

1924 年 10 月 14 日写于上海

【注释】

①李启汉：湖南人，又名李森，共产党员，中国早期工人运动的发动者和领导者之一。

②去罢：冲呀，向前进。

【创作背景】

1922 年 6 月，李启汉被帝国主义控制下的上海巡捕房抓获，9 月他被引渡到上海军阀机关护军使署，关进大牢之中。1924 年 10 月，经多方营救，李启汉被释放，刚刚获得自由的李启汉没有停歇，立即投身到人民的革命事业中去了。作为李启汉的战友，邓中夏创作了这首诗送给他，这首诗短小精悍，饱含着对革命斗争的乐观与豁达，赞颂了李启汉为了人民的革命事业不怕坐牢、不怕牺牲的英雄气概。

方维夏（4 首）

【作者简介】

方维夏（1879—1935），湖南省平江县人，中国近代教育家、革命家。1906 年考入湖南中路师范学堂（今湖南第一师范学校），毕业后创立了长寿高等小学堂。1908 年，考入湖南优级师范，毕业后先后在岳郡四县联中和湖南第一师范学校任教，编撰《中等学校农业教科书》《儿童训育法询》等教材。1918 年，方维夏辞职到日本留学。1920 年归国，参加了驱逐军阀张敬尧的斗争，出任湖南省政务厅教育科科长兼教育会会长，协助毛泽东筹办文化书社。1924 年，方维夏正式加入中国共产党。1927 年，先后参与南昌起义和广州起义。1928 年 6 月，方维夏前往莫斯科出席中共第六次全国代表大会。归国后，他先后担任了闽西红军学校政治部主任、中央政府总务厅厅长、湘赣苏区教育部长兼任司法部部长，创办了列宁初级小学、工农夜校、女子职业学校、半日制女子学校等学校，总计 1000 多所，还创办了 30 多个业余剧团，以及《湘赣斗争》《红色湘赣》等十几种刊物，主持编印了《识字课本》。1934 年 10 月，中央红军开启长征，方维夏留在湘赣边区组建武装力量展开游击战。1936 年 4 月，方维夏被敌人围困在桂东沙田仙背山上。4 月 23 日清晨，他在毫无防备的情况下被叛徒一枪杀害，时年 55 岁。

和孔昭绶校长

风雨城南几十年，摩挲残碣思依然，^①
即今遥望朱张渡^②，犹是秋高月中天。

茂时^③拥仗祝融峰^④，同叩秋风晚寺钟，
料得芷兰^⑤生意满，名山定有五云^⑥封。

息影^⑦南楼瞥八年，相惊华发意悠然^⑧，
昔时礼殿钟犹在，秋室声高^⑨满暮天。

奎星^⑩重聚妙高峰^⑪，断续难闻劫后钟，
忧患与君同出处^⑫，何时新辟草莱封^⑬。

【注释】

①风雨城南几十年，摩挲残碣思依然：化用《诗经·郑风·风雨》
中的"风雨如晦，鸡鸣不已"。城南，化用宋代张植在城南书院讲
学的典故，喻指孔校长在黑暗的年代坚持从事教育事业。碣，石碑。
依然，想念的样子，这里指怀念张拭。

②朱张渡：化用典故，南宋时期，著名教育家朱熹和张拭常在
渡口聚会讨论学问，因此被称为"朱张渡"。

③茂时：盛年时期，指年轻的时候。

④祝融峰：湖南省衡山最高峰，这里喻指自己想和孔校长一起

攀登教育的最高峰。

⑤芝兰：比喻优秀的学子。

⑥五云：五彩的云朵，祥瑞之兆，喻指孔校长的学子都非常优秀。

⑦息影：居住。

⑧悠然：思考的样子。

⑨秋室声高：天高气爽时，钟声会更加响亮。

⑩奎星：古时人们认为主管文章的星宿。

⑪妙高峰：长沙南城南书院旁边的山峰，这里指师生聚集在书院。

⑫处：乡野之间。

⑬草莱封：未经开辟的地带。

【创作背景】

1911年，孔昭绶先生是湖南第一师范学校的校长，方维夏正是在他的邀请下到该学校任教的。在校期间，方维夏大力宣传爱国主义、民主主义思想，编撰了推动教育发展的中小学教材，而且积极参与反袁斗争，将自己年轻时"教育救国"的梦想付诸行动。1918年夏天，皖系军阀张敬尧部混成旅强占学校，致使学校无法正常运转，学生不能照常上课，孔昭绶悲愤辞职。孔校长在离开前写下了《城南留别》四绝送给老师和学生们，方维夏因此写下这四首诗以相和。诗中写孔校长在黑暗的社会形势下多年从事教育事业的不易，表达了对孔校长无奈辞职的同情，同时表明自己愿与孔校长共进退的决心。事实上，方维夏也是这样做的，在孔校长辞职后，他也随之离开学校，并且前往日本留学。学成归国后，他加入驱逐张敬尧的斗争中。

方志敏（6 首）

【作者简介】

方志敏（1899—1935），江西省上饶市弋阳县人，无产阶级革命家、军事家。他先后就读于弋阳县立高等小学、江西省立甲种工业学校、教会学校九江南伟烈大学（即同文书院）。在大学期间，他发表了散文诗《哭声》，成为《新江西》主要撰稿人。1922 年前往上海，担任《民国日报》校对，发表了白话小说《谋事》，在上海大学旁听期间结识了陈独秀、瞿秋白等中共领导人。离开上海后，方志敏创办了"文化书社"，出版《青年声》报刊，大力宣传马克思主义。1924 年 3 月，正式加入中国共产党。"南昌起义"后，发动秋收起义、弋横起义。方志敏先后任江西省农民协会秘书长、中共弋横中心县委书记、闽浙赣省委书记、红十军政委、闽浙赣省苏维埃主席等职务。1934 年，方志敏带领中共北上抗日先遣队作战，途中遭到国民党部队的追剿，1935 年 1 月 29 日在江西省怀玉山区被敌人俘虏。在狱中，他受尽酷刑，坚贞不屈，创作了《清贫》《可爱的中国》等著作。1935 年 8 月 6 日，方志敏在南昌下沙窝被敌人秘密杀害，年仅 36 岁。

诗一首

敌人只能砍下我们的头颅，

决不能动摇我们的信仰！

因为我们信仰的主义，

乃是宇宙的真理！

为着共产主义牺牲，

为着苏维埃^①流血，

那是我们十分情愿的啊！

【注释】

①苏维埃：本指1905年革命时期俄国无产阶级创造的领导群众进行革命斗争的组织形式，这里可以理解为共产主义。

【创作背景】

这首诗收录于烈士的遗著《狱中纪实》中，应该是方志敏同志在狱中创作的。诗歌的大意为：敌人只能砍掉我们的脑袋，但无法改变我们的革命信仰；我们所坚信的共产主义是世界上唯一的真理，为共产主义抛洒热血，是我们心甘情愿的。诗歌语言十分质朴，语义也很简明，但清楚地表达了方志敏对革命的忠诚，句句都是肺腑之言，读来感人至深。

同情心

在无数的人心中摸索，
只摸到冰一般的冷的，
铁一般的硬的，
烂果一般烂的，
它 ①，怎样也摸不着了——

把快要饿死的孩子的口中的粮食挖出来喂自己的狗
和马；
把雪天里立着的贫人底一件单衣剥下，抛在地上践踏；
他人的生命当馒餐，
他人的血肉当羹汤，
啮着，喝着，
还觉得平平坦坦 ②，
哦，假若还有它，何至于这样？

爱的上帝呀！
你既造了人，
如何不给个它！

【注释】

①它：代词，指同情心。

②平平坦坦：平淡无味，这里指富人们感觉不过瘾。

【创作背景】

1923 年，方志敏从九江同文书院踏入社会，与赵醒侬等人一起创建了中国社会主义青年团南昌地方组织、马克思学说研究会等，大力宣传革命思想，从事革命活动。为了躲避国民党的搜捕，他被迫前往南京暂住在一个小客栈，在此期间创作了这首诗。诗人一直寻找"同情心"，却看到了社会的冷漠：富人掠夺穷人的食物来喂狗喂马，眼见穷人的孩子被饿死；富人在大雪天剥下穷人身上唯一的衣服，然后扔在地上，以此取乐；富人将穷人的命当作食物，喝着穷人的鲜血，吃着穷人的肉，还觉得不够过瘾。富人们的行为让诗人感到悲哀、失望，于是质疑上帝为什么创造这些人的时候不给他们同情心？诗歌言辞犀利，情绪激昂，揭露了旧社会的黑暗、腐朽，表达了诗人对反动统治阶级剥削和压榨百姓行为的控诉和对劳动人民的深切同情。

哭　声

仿佛有无量数人在我的周围哭泣呵！

他们呜咽的、悲哀的而且时时震颤的声音。

越侧耳细心去听，越发凄楚动人了！

"我们血汗换来的稻麦，十分之八被田主榨取去了，剩的些微，哪够供妻养子！……"

"我们牛马一般地在煤烟风尘中做做输运，奔走，

每日所得不过小洋几角，疾病一来，只好由死神摆布

去了！"

"跌倒在火坑里，呵！这是如何痛苦呵！

看呀，狂暴的恶少①，视我们为娱乐机械，又来狎弄②

我们了！……"

"唔！唔！唔！我们刚七八岁就给放牛、做工去吗？

金儿福儿读书，不是……很……快乐吗？"

"痛呀！枪弹入骨肉，真痛呀！

青年人，可爱的青年人，你不援救我们还希望谁？"

似乎他们联合起来。同声哭诉。

这时我的心碎了，

热泪涌出眼眶来了。

我坚决勇敢地道：

"是的，我应该援救你们，我同着你们去……"

1922 年 5 月于同文书院

【注释】

①恶少：指品德败坏、行为恶劣的年轻无赖。

②狎弄（xiá nòng）：戏弄。

【创作背景】

1922 年，23 岁的方志敏在九江同文书院读书期间已经是一个具有忧国忧民思想的进步青年，他在学校期间积极参与反美帝国主义的活动，四处奔走，以至于肺病复发，常常吐血。在病中，他用

顽强的意志力让自己继续战斗，并且写下了《哭声》《呕血》两首诗。《哭声》采用声音组合的方式，突出了农民被地主压榨无法过日子、工人劳累生病无法医治、穷人孩子不能上学、青年人被国民党反动派枪击等令人心痛的画面。最后诗人写道"是的，我应该援救你们，我同着你们去……"，表达了对劳动大众悲惨生活的深切同情和对国民党反动派的深恶痛绝，体现了要解救劳苦大众、坚信革命会胜利的信念。

呕　血

呵，什么？

鲜红的是什么？

血吗？

血呀！

我为谁呕？

我这般轻轻年纪，就应该呕血吗？

呵！是的！

我是个无产的青年！

我为家庭虑，

我为求学虑，

我又为无产而可怜的兄弟们虑。

万虑丛集在这小小的心儿里，

哪能不把鲜红的血挤出来呢？

呵！是的，无产的人都应该呕血的，

都会呕血的——何止我这个羸弱①的青年；

无产的人不呕血，

难道那面团团②的还会呕血吗？

这可令我不解！

我为什么无产呢？

我为什么呕血呢？

1922 年 6 月 21 日于九江

【注释】

①羸弱：软弱无力。

②面团团：形容脸又圆又胖的样子，代指统治阶级。

【创作背景】

这首诗和《哭声》都是方志敏同志在 1922 年带病创作的。当时，他因为肺病恶化，常常呕血，看到自己吐出的鲜血有感而发，问道："我为谁呕？我这般轻轻年纪，就应该呕血吗？"接着道出自己身为无产阶级，为家庭忧虑、为求学忧虑、为无产而可怜的兄弟们而忧虑，忧思过度，所以呕心沥血，然后提出反问："无产的人不呕血，难道那面团团的还会呕血吗？"即无产阶级劳累吐血，那些统治阶级作威作福，享受生活，怎么可能呕血呢？突出了无产阶级被压榨剥削的悲惨处境和社会的不公平，最后诗人连续提出两个问题"我为什么无产呢？我为什么呕血呢？"增强了感染力，引人思考。诗歌字里行间饱含了诗人内心的悲愤之情，表达了他对统治阶级的憎恶、对无产阶级的深切同情，以及甘愿为无产阶级斗争而献身的伟大精神。

血……肉

伟大壮丽的房屋，

用什么建筑成功的呢？

血呵肉呵！

铺了白布的餐桌上，

摆着的大盘子小碟子里，

是些什么呢？

血呵肉呵！

装得重压压的铁箱皮箱①。

里面是些什么呢？

血呵肉呵！

1922 年 8 月 29 日

【注释】

①铁箱皮箱：代指统治阶级的私有财产。

【创作背景】

这首诗也是方志敏同志在 1922 年写下的，诗歌围绕着"血肉"展开，采用反复的手法，强调伟大壮丽的房屋是用血肉建造的，餐桌上的盘子里盛的是血肉，重压压的铁箱皮箱里装的也是血肉，即统治阶级住的华丽的房子、吃的山珍海味、手里大把的钞票都是用老百姓的血肉换来的，突出了统治阶级对老百姓的残酷压榨和掠夺，表达了作者对统治阶级罪行的控诉和对老百姓的同情。正是这样的情感，激励着方志敏同志走上革命道路，充满了为革命事业而献身的勇气。

诗一首

雪压竹头低，低下欲^①沾泥。

一朝红日起，依旧与天齐。

【注释】

①欲：将要。

【创作背景】

1934 年，方志敏带领中共北上抗日先遣队作战，遭到国民党部队的追剿，损失惨重。1935 年 1 月，方志敏的部队在浙皖赣三省交界处又一次被国民党重兵围困，这时正值大雪天，方志敏同志看到积雪把竹子压弯，竹子低垂将要接近地面的场景，不禁有感而发创作了这首诗。全诗采用象征的手法，通过写竹子雪后能重新直立，直指青天，展现了诗人的乐观和豪气，同时也起到了鼓舞士气的效果。后来，方志敏同志被国民党俘虏，在狱中，他坚贞不屈，最终用自己的生命和鲜血演绎了他"与天齐"的气魄。

吉鸿昌（2 首）

【作者简介】

吉鸿昌（1895—1934），出生于河南扶沟。1913 年，入冯玉祥部，从士兵晋升至军长，骁勇善战，人称"吉大胆"。1930 年 5 月，参加蒋冯阎战争，任冯军第 3 路总指挥。9 月，接受蒋介石收编，任第 22 路军总指挥兼第 30 师师长。后奉命"围剿"鄂豫皖革命根据地，但他不愿为蒋介石打内战，于是称病去上海就医，与中国共产党中央军委接触。1932 年加入中国共产党，受党的指派潜赴泰山联络冯玉祥出山组织武装抗日。他变卖家产，购买枪械，联络旧部，于 1933 年 5 月，与冯玉祥、方振武等在张家口组建察哈尔民众抗日同盟军，后当选为前敌总指挥兼第 2 军军长。1934 年 11 月 9 日，吉鸿昌在天津法租界被军统特务暗杀受伤，遭工部局逮捕，后押送到北平军分会。11 月 24 日，蒋介石下令，将其杀害于北平陆军监狱，时年 39 岁。

就义诗

恨不抗日死，留作今日羞。
国破尚如此，我何惜此头 ①。

【注释】

①头：本义是头颅，这里指生命。

【创作背景】

吉鸿昌的这首就义诗名作，是在刑场上用树枝写在地面上的。面对生命的终结，他感慨万千，自己戎马一生，目的就是要救国救民。面对执枪行刑的士兵，他仰天长叹，自己这一辈子活得值吗？虽有几分遗憾，但更多的是为国捐躯的执着和坚毅。在祖国的这片热土上，留下了他的真心和热血。

诗一首

有贼①无我，有我无贼；

非贼杀我，即我杀贼！

半壁河山②，业经③变色，

是好男儿，舍身救国。

【注释】

①贼：本意是盗贼，这里指入侵中国的日本侵略者。

②河山：祖国大地。

③业经：已经。

【创作背景】

1933年，抗日同盟军攻克察哈尔，当时吉鸿昌任北路前敌总指挥，他在多伦前线对战士讲话时创作了这首诗。这是一首即兴诗。全诗共两层意思：第一层鲜明地摆出与日寇誓不两立、不相共存的战斗姿态；第二层表达出作者强烈的爱国主义精神。全诗悲愤、豪壮，是吉鸿昌对战士们发出的振聋发聩的战斗号召，也是他誓死反抗侵略、收复失地的宣言。

李大钊（7 首）

【作者简介】

李大钊（1889—1927），字守常，出生于河北乐亭，北京大学教授和图书馆主任，中国共产党的创始人之一，1913 年东渡日本求学，回国后组织和领导了新文化运动和五四运动，是中国早期的马克思主义传播者，1919 年在《新青年》上发表《我的马克思主义观》，引起了巨大反响。在中国共产党的第三次、第四次全国代表大会上，李大钊被选为中央委员。1927 年 4 月 6 日，奉系军阀张作霖逮捕了李大钊，4 月 28 日李大钊在绞架前激情演讲，表达了自己的坚定信念，然后从容就义，年仅 38 岁。

其 一

玉泉①流贯颐和园墙根，潺潺有声，闻通三海②。禁城等水，皆溯流于此。

殿阁嵯峨接帝京，阿房③当日苦经营。

只今犹听宫墙水，耗尽民膏是此声。

【注释】

①玉泉：玉泉山的泉水。

②三海：紫禁城内的中海、南海和北海。

③阿房：秦始皇建造的皇宫，取名阿房宫。

【创作背景】

玉泉山的泉水，沿着颐和园墙边，流到了紫禁城内的中海、南海和北海。千年古都，殿阁错落，当年慈禧太后为了做寿，挪用海军经费建造了如此奢华的颐和园。秦始皇的阿房宫，也是耗用民脂民膏建造的。统治者纵欲奢华，却让人民承受巨大痛苦，但最终必定是被人民的反抗所推翻。作者因景生情，自然地嵌入对社会和历史发展的深入思考和论证。

其　二

壮别天涯未许愁，尽将离恨付东流。

何当痛饮黄龙府①，高筑神州风雨楼②。

【注释】

①黄龙府：金国的首都，此处代指反动派统治阶级的权力中心。

②风雨楼：当时李大钊在日本江户，好友幼蘅将返国，朋友们为其饯行的酒席，安排在神田酒家风雨楼上，席间吟诗助兴，大家都使用了"风雨楼"一词。

【创作背景】

1915年袁世凯称帝，李大钊从日本回到上海，参与讨袁，袁世凯被迫取消帝制后，李大钊于这年春天来到日本东京。友人幼蘅要回中国去了，朋友们为他送别。席间吟诗助兴，大家都引用了"风雨楼"一词。朋友们约定，重建中国之后，要修建一座高楼，就叫"神州风雨楼"。"风雨楼"，是"理想之中华"的代称，此处用兴建"风雨楼"来喻指创建"理想之中华"和纪念革命成功。朋友们立誓兴国，作者随口吟成了这首七言绝句。岳飞在抗金战斗中，曾对将士说"直捣黄龙，与诸君痛饮"。消灭了袁世凯，作者和好友们也要痛饮庆祝。好友的离别虽有不舍，但眺望无边大海对岸，那边的新中国才是大家的共同志向。

其　三

浩渺①水东流，客心空太息②。

神州③悲板荡④，丧乱安所极⑤？

八表正同昏⑥，一夫终窃国⑦。

黯黯五彩旗⑧，自兹少颜色⑨。

逆贼稽征讨⑩，机势今已熟。

义声起云南⑪，鼓鼙⑫动河北。

绝域⑬逢知交，慷慨道胸臆。

中宵出江户⑭，明月临幽黑。

鹏鸟⑮将图南，扶摇⑯始张翼；

一翔直冲天，彼何畏荆棘？

相期吾少年，匡时宜努力；

男儿尚雄飞，机失不可得。

【注释】

①浩渺：指水势无边无际的样子。

②太息：叹气。

③神州：指中国。

④板荡：指中国的混乱，称世乱为"板荡"。

⑤丧乱安所极：祸乱什么时候才能休止。

⑥八表正同昏：指全国各地都陷入袁世凯的黑暗统治之下。八表，指神州八方。

⑦一夫终窃国：指袁世凯窃国称帝。一夫，这里指令全国人民所不齿的袁世凯。

⑧五彩旗：辛亥革命以后，中华民国当时的国旗由红黄蓝白黑五种颜色组成。

⑨少颜色：黯淡无光，失去光彩。

⑩稽征讨：稽迟讨伐，讨伐得太迟了，意思是早该讨伐。

⑪义声起云南：指蔡锷在云南起义讨伐袁世凯。

⑫鼓鼙：军用大鼓，指袁世凯派兵去镇压起义。

⑬绝域：指异国他乡。

⑭江户：指日本东京旧称。

⑮鹏鸟：指庄子《逍遥游》中的大鹏鸟。

⑯扶摇：指大鹏鸟飞起时掀起的旋风。这里表达出作者排除万难，回国讨伐袁世凯的决心和冲天豪气。

【创作背景】

1915年5月，袁世凯正式接受"二十一条"，李大钊立即编印《国耻纪念录》，撰写《国民之薪胆》，鼓励有志之士跟内外敌人斗争到底。12月12日，袁世凯宣布复辟帝制，改"中华民国"为"中华帝国"。爱国将领蔡锷等打响了护国讨袁运动的第一枪，孙中山也发表宣言，号召"爱国之豪杰共图之"。1916年1月，李大钊离开日本前往上海，以便更直接地投入到反袁救国活动中来，回国时在太平洋船上吟作此诗。全诗先感时后明志，以"男儿尚雄飞，机失不可得"一句，升华了"匡时"救国的主旨。

其 四

班生①此去意何云？破碎神州日已曛②。
去国徒深屈子③恨，靖氛④空说岳家军⑤。
风尘河北音书断⑥，戎马江南羽檄纷⑦。
无限伤心劫⑧后话，连天烽火独思君。

【注释】

①班生：指东汉班超。这里用班超投笔从戎的事来问朋友参军以后心情如何，愿望能否实现。

②日已曛：日落黄昏时太阳仅剩余光，指祖国在军阀统治下前途暗淡。

③屈子：指战国时爱国诗人屈原。这里借用屈原说明作者自己的爱国之心。

④靖氛：指战乱平定。

⑤岳家军：南宋岳飞领导的抗金军队，该军英勇善战，当时世人称赞"撼山易，撼岳家军难"。当时在讨袁战争中，缺少像岳家军那样强大的革命力量，表达了作者对友人的期望。

⑥风尘河北音书断：这是说北方战事一起，自己与朋友们的音

讯全都断绝了。

⑦戎马江南羽檄纷：戎马指兵马、军队，羽檄指军事文书。这是说江南的军事活动正在开展，消息纷纷传来。

⑧劫：劫难、灾难，指当时袁世凯窃国所造成的灾难。

【创作背景】

此诗作于1916年2月，作者再次前往日本之前。当时，云南的护国军分兵进入四川和江西，军费消耗较大，蔡锷、唐继尧等在昆明组建筹集军饷总局，盼望渡过难关。南方其他省区也纷纷宣布独立，表示不再受袁世凯的领导。李大钊因为没有直接投身到讨袁的实际斗争中去，所以计划再次去日本。临行前，他写了这首怀友诗。全诗思念朋友、担忧国事两条线交织，作者满腔爱国之情跃然纸上，统揽全局。

其　五

逢君已恨晚，此别又如何？
大陆龙蛇起①，江南风雨多②。
斯民正憔悴③，吾辈尚蹉跎④。
故国一回首，谁堪返太和？⑤

【注释】

①大陆龙蛇起：指中国各地讨袁军的自发崛起。

②风雨多：指战事频发。当时袁世凯的反动军队与讨袁军在南方频繁交战。

③斯民正憔悴：祖国广大人民群众饥饿贫困，民不聊生。

④蹉跎：指自己报效祖国的志愿没有实现，有虚度光阴的感叹。

⑤太和：天下太平。当时作者虽身在日本，但渴望祖国人民团结一致，回归和平。

【创作背景】

　　袁世凯称帝后，全国讨袁军和袁世凯的反动军队战争不断，作者身在日本，不能亲自讨袁，发出白白错过时机的感叹，借送别友人遂成此诗，以诗明志。李大钊年轻时曾远渡日本，寻找救国救民的途径，他广交仁人志士，互勉互进。这首诗就是送友人相无，即刘明敏，去江户的赠别诗。他与诗人志同道合，关系要好。李大钊想继续在日本求学，但是他心系祖国和友人的前途命运，遂写此诗以抒怀。这首诗彰显了诗人的爱国情怀和坚定意志，他以自己伟大的人格魅力，号召和鼓舞了无数人为拯救民族危难前仆后继。

山中即景

一

是自然的美，是美的自然；
绝无人迹①处，空山②响流泉。

二

云在青山外，人在白云内；

云飞人自还，尚有青山在。

【注释】

①人迹：人类的足迹。

②空山：人迹罕至，山中空旷。

【创作背景】

1918 年暑假，李大钊在河北昌黎五峰山度假，这两首诗写于此时。本诗是五言古体诗，但语言简洁明了口语化，如同白话诗，歌颂了大自然的美，意境幽雅，云舒自然。这组诗看似山水诗或风景诗，但从古体诗托物言志的传统来分析，该诗有言志诗的特征。"云飞人自还，尚有青山在"，面对风云变幻的政治，诗人立场坚定、追求真理、矢志不渝的人格形象跃然纸上，展现了诗人挺立于时代风口浪尖，勇立潮头无所畏惧的一身正气。

题蒋卫平遗像

斯人气尚雄，江流自千古。

碧血①几春花，零泪一抔土②。

不闻叱咤声③，但听呜咽水④。

夜夜空江头，似有蛟龙起⑤。

【注释】

①碧血：周朝大夫苌弘，忠心被害，后来血化为碧玉，因此称死难者的血为碧血。

②一抔土：一捧土，这里指坟墓。

③叱咤声：具有英雄气概的呐喊声。

④呜咽水：流水的声音像在呜咽，为死者叫屈。

⑤蛟龙起：蛟龙腾起。这里特指被反动势力杀害的爱国志士蒋卫平的伟大精神如蛟龙腾起。

【创作背景】

这首诗写于 1913 年，蒋卫平是一位坚定的爱国者，是李大钊的好友，1910 年前后，在东北渡河时被沙俄杀害。"斯人气尚雄"，是说遗像上仍展现着蒋卫平生前的英雄气概。全诗作者都在深深地悼念死去的好友，最后指出他的爱国主义精神和英勇气概仍像蛟龙腾起那样鼓舞着人心。

这首诗的内容极具思想性和战斗性，讴歌了爱国志士坚强不屈、英勇牺牲的高大形象，强烈地控诉了侵略者倒行逆施、残害爱国人士的行径，旨在唤醒民众团结起来进行斗争。

李公朴（1首）

【作者简介】

李公朴（1902—1946），原名永祥，字晋祥，号仆如，江苏武进人，在淮安出生。李公朴是伟大的爱国主义者、民主战士，也是中国民主同盟的早期领导人。1928年，他考取美国俄勒冈州雷德大学，半工半读。归国后，他与高士其在南京筹办《环球通讯社》，与邹韬奋、胡愈之等发起筹办《生活日报》。1935年12月，上海各界救国联合会成立，李公朴被选为常务委员。他积极参与爱国运动，曾任中国人民救国会中央委员等职。1946年7月，李公朴在云南昆明被国民党特务枪杀，次日凌晨因伤重、流血过多牺牲，年仅44岁。

诗一首

要救国，要赶早，

国亡后，更难了。

华北抗战已爆发，

救亡雪耻①在今朝。

和平不是靠哀求，

和平后面要有炮②。

【注释】

①雪耻：洗掉耻辱。

②要有炮：指要武装救国，战争是为了更长久的和平。

【创作背景】

李公朴一直站在推翻帝国主义、封建势力的最前线，他坚持革命，倡导民主，将一生心血献给中华民族进步事业与和平民主事业，是为民主革命奉献一生的忠诚战士。这首诗句句在理，呼吁民众要积极参与革命斗争，指出"和平后面要有炮"的革命主张，强调了要武装救国，和平需要武装力量来捍卫。

李少石（6首）

【作者简介】

李少石（1906—1945），原名李国俊，又名李振，祖籍江门潮连富冈，出生于香港，后移居广州新会。1926年加入中国共产党，曾负责党的宣传工作，是周恩来的亲密助手。1930年与杰出的社会活动家廖梦醒在香港结婚。1934年因叛徒出卖被捕，1937年被释放出狱，后在重庆中共中央南方局外事组工作，1945年10月不幸遇难逝世。

寄　内

一朝分袂①两相思，何日归来不可期。

岂待途穷方有泪？也惊时难忍无辞。

生当忧患原应尔，死得成仁未足悲。

莫为远人②憔悴尽，阿湄③犹赖汝扶持。

【注释】

①分袂：指分手、离别。袂即衣袖、袖口。

②远人：指远离家乡、妻儿，漂泊在外的作者自己。

③阿湄：指自己的女儿。

【创作背景】

在古代妻子也叫内子、内人，《寄内》是写给妻子的诗。作者告诉分别已久的妻子，自己从事革命工作，归期难以预料。看着祖国的危难，早已泪流不止，自己活着是为民族解放奋斗，死后则是取义成仁留名。请妻子不要为自己担心悲伤，重要的是将女儿抚养成人。一位共产党人写给自己妻子的诗，写出了意笃情深，写出了心忧天下。

咏 史

万千逻卒猎街衢，偶语宁辞杀不辜？

安内①难忘伤手足，攘夷②偏惜掷头颅。

天之未丧斯民主，人尽能诛是独夫。

二世亡秦前鉴在，祖龙③何事怒坑儒④？

【注释】

①安内：统一国内。

②攘夷：抗拒异族入侵，此处指抗击日寇。

③祖龙：一般特指秦始皇帝嬴政，这里用祖龙比喻蒋介石。

④坑儒：坑杀儒士。

【创作背景】

此诗是 1944 年作者在重庆时写的。当时国民党盘踞重庆，到处充满白色恐怖和血腥屠杀，特务们常常在大街上偷听路人讲话，搜寻捕杀革命同志。此时反映了反动派的横行残酷，为无辜被杀的人士鸣不平。

南京书所见

丹心已共河山碎，大义长争日月光。

不作寻常床箦^①死，英雄含笑上刑场^②。

【注释】

①床箦：床和垫在床上的竹席，泛指床铺。

②刑场：行刑的场所。

【创作背景】

1934 年，李少石因叛徒告密，不幸被捕入狱。李少石承受着严刑拷打的煎熬，顽强不屈地写下此诗，表达自己忠于党、忠于革命事业的坚定信仰。

在狱中，李少石的身心受到严重的摧残。抗日民族统一战线形成后，在中国共产党的要求下，李少石于 1937 年被释放出狱，当年 12 月与爱人一起转移到香港，继续革命工作。

寄 母

赴义^①争能^②计养亲？时危难作两全身。

望将今日思儿泪，留哭明朝无国人^③。

【注释】

①赴义：行刑就义。

②争能：怎么能够。这是说为了革命事业，顾不上照看家庭。

③无国人：亡国之人。在日本帝国主义侵略之下，因反动派走狗卖国亲日最终亡国为奴的百姓。

【创作背景】

李少石在监狱的三年时间里，身心遭受摧残，腿上是外伤，肺部是内伤，常口吐鲜血，但他仍坚持革命工作，对革命矢志不渝。

该诗是 1934 年李少石被捕入狱后，为劝自己的母亲而写的。作者写到，这些年为了革命事业，只好舍弃小家，不能好好地侍奉母亲，感觉对亲人十分愧疚。同时劝说母亲不要为孩儿担心落泪，因为更让人伤心的是，在反动派卖国路线下国家命运堪忧。

无 题

何须良史判贤愚①，正色宁容紫夺朱②？
半壁河山存浩气③，千年邦国树宏模④。
风云敌后新民主，肝胆人前大丈夫。
莫讶⑤头颅轻一掷，解悬拯溺⑥是吾徒⑦。

【注释】

①贤愚：忠奸。

②正色宁容紫夺朱：古人以朱红为正色，紫不是正色。意思是说不允许、不接受反动派侵夺人民政权。

③存浩气：保持一身正气。

④树宏模：这里指在敌后建立广阔的抗日根据地。

⑤莫讶：不要惊讶。

⑥解悬拯溺：指解救被奴役的人民。悬即倒挂，溺即淹死，比喻敌占区人民生活在水深火热之中。

⑦吾徒：我们这一代人。

【创作背景】

这首诗是李少石在抗日战争时期，身在国民党统治区，向往和颂赞中国共产党建立的抗日根据地的作品。1937年全面抗战爆发，国共合作抗日，李少石获释出狱后在澳门、上海、香港等地继续革命工作，本诗即写于这个时期。

全诗的中心思想是，中国共产党领导下建立的政权，是真正代表人民利益和民族尊严的政权，所以诗歌一开始就借用典故"紫不夺朱"指明历史的发展规律。

祝董老①六十大寿

地缺山崩②六十年，高张赤帜③独当先。

诛心④有论追良史，强项⑤无惭对昔贤。

抗日不虚程二万⑥，承风⑦何止士三千⑧？

笑看桃李⑨庭前发，雨露⑩从知未枉然。

虎穴刀丛惯险虞⑪，万千魑魅⑫视如无。

中流⑬独力撑危局，内助⑭英雄亦丈夫。

天下几能称大老⑮，苍生何幸见楷模！

红岩⑯此日传佳话，百寿图成晋一觞⑰。

正气丹心孰与俦⑱？黄安⑲一老自千秋。

六年参政⑳争言路，万里长征记壮猷㉑。

为挽颠危㉒甘尽瘁，每怀饥溺辄先忧㉓。

巴山祝嘏㉔留佳话，名将如今见白头㉕。

【注释】

①董老：对董必武的尊称。

②地缺山崩：比喻时局剧烈动荡。

③高张赤帜：高举共产主义的红色旗帜。

④诛心：春秋时晋灵公被臣下赵盾的族人杀害。晋国的史官如实地记录了赵盾弑君，史称"诛心之论"。指董老痛斥反动派的行为，好比那位有职业道德的史官。

⑤强项：指后汉杨震，敢于直言上谏，汉帝称他为"强项"。后引申为刚直、有骨气。

⑥程二万：指二万五千里长征路。

⑦承风：受过教育。

⑧士三千：相传孔子有三千多名学生。这是说受到董老指教和影响的人很多。

⑨桃李：比喻学生。

⑩雨露：比喻教化、教导。

⑪虎穴刀丛惯险虞：虎穴刀丛，形容环境危险。惯险虞，指习惯和适应了艰险忧患的生活。

⑫魑魅：鬼怪，指凶险的反动势力集团。当时董老在国民党统治区，随时有被暗杀的风险。

⑬中流：指砥柱山在黄河急流中，能够经得住急流冲击。这里用来比喻董老的信仰坚定。

⑭内助：指董老爱人。

⑮大老：对学问、道德、年辈、地位都较高的人的尊称。

⑯红岩：指红岩村13号，当时中共中央南方局和八路军驻重庆办事处均在此处办公。

⑰晋一觯：意思是敬一杯酒。

⑱孰与俦：谁可比拟，无人能比。

⑲黄安：湖北省某县名，董老是黄安人。

⑳六年参政：抗日战争时期，国民党反动派伪装民主，在重庆设立所谓"国民参政会"。董老代表中共在参政会中主持正论，长达六年。

㉑壮猷：豪壮的规划和计划。

㉒颠危：颠覆的危险，这里是指国民党反动派卖国投降的危险。

㉓先忧：先天下（人民）之忧而忧。

㉔祝嘏：祝寿，过生日。

㉕见白头：这里指董老这位共产主义的革命战士，已经为革命事业奉献了几十年，现在六十多岁了，头发都白了，但仍在努力工作着、战斗着。

【创作背景】

该诗是一首祝寿诗，作者为祝贺董必武同志六十大寿所作。全诗引经据典，描述了董老为革命付出的一生。董老德高望重，胸怀天下，革命立场坚定，是革命事业的忠诚战士，为革命鞠躬尽瘁。同时，他自身的革命素养，影响和教导了一批晚辈为革命事业前仆后继。

李兆麟（2 首）

【作者简介】

李兆麟（1910—1946），又名李超兰，化名张寿篯，1910 年11 月 2 日出生于辽宁省辽阳烟台区（今灯塔市），1929 年参加革命活动，1932 年加入中国共产党。"九一八"事变后，李兆麟从北平返回辽阳开展抗日斗争，曾任东北抗日联军第六军政治部主任等职。抗日战争胜利后，李兆麟担任中共北满分局委员等职，1946年 3 月 9 日在哈尔滨被国民党特务杀害，时年 36 岁。

露营之歌

一

铁岭①绝岩，林木丛生，

暴雨狂风，荒原水畔战马鸣。

围火齐团结，普照满天红。

同志们，锐志哪怕松江晚浪生！

起来哟，果敢冲锋！

逐日寇，复东北，天破晓，光华万丈涌！

二

浓荫蔽天，野雾弥漫，

湿云低暗，足溃^②汗滴气喘难。

烟火冲空起，蚊吮^③血透衫。

兄弟们，镜泊瀑泉唤起午梦酣。

携手吧！共赴国难，

振长缨，缚强奴，山河变，万里息烽烟。

三

荒田遍野，白露横天，

野火熊熊，敌垒频惊马不前。

草枯金风疾，霜沾火不燃，

战士们，热忱踏破兴安万重山。

奋斗呀！重任在肩，

突封锁，破重围，曙光至，黑暗一扫完。

四

朔风怒吼，大雪飞扬，

征马踟蹰，冷风侵人夜难眠。

火烤胸前暖，风吹背后寒，

壮士们，精诚奋发横扫嫩江原！

伟志兮！何能消减，

全民族，各阶级，团结起，夺回我河山。

【注释】

①铁岭：指山岭的坚危。

②足溃：脚溃烂、感染。

②蚊吮：蚊虫叮咬。

【创作背景】

李兆麟率领抗联六军在绥滨一带沼泽地带活动时，遇到非常大的困难。他和战友们一边行军一边宿营，共同写成了这首诗，大家一路修改、一路传唱。从 1938 年 5 月写到 1938 年底，从帽儿山写到嫩江，经历了春夏秋冬四个季节，经过无数个不同的地方，每段诗都有一段战斗生活的背景。诗中记录了全体抗联战士无论是在"朔风怒吼""冷气侵人夜难眠"的恶劣天气里，还是在"蚊吮血透衫""足溃汗滴气喘难"的艰苦行军中，还是在"火烤胸前暖，风吹背后寒"的雪地露营时，都保持着誓与日寇血战到底，"重任在肩""夺回我河山"的钢铁意志。诗中极端恶劣的环境，写实感非常强，不是亲身经历者绝对写不出来。

《露营之歌》首次发表在 1939 年的《革命歌集（第二集）》中。该《歌集》战后仅收存于中央档案馆一直没有对外公开，直到 1999 年才被公之于世。

第三路军成立纪念歌

一

绚烂神州地，

白山黑水间。

八载余①，强敌嚣张，

铁蹄肆踏践。

中华民族遭蹂躏，

惨痛何堪言！

骨露原野，

血染白山巅。

义忿填胸，

揭竿齐向前。

誓驱倭寇，

团结赴国难。

民族自救抗日军，

铁血壮志坚，

杀敌救国复河山。

二

驰骋吉黑边，

横扫哈东南。

军威远，松江动荡，

兴安亦震撼。

冰天雪地朔风吼，

夜雨复霜天。

救亡壮志，

永矢兮弗谖②！

鼓角乍鸣，

将士各争先。

杀声四起，

敌寇心胆寒。

六载③于兹未稍懈，

孤军喋血战，

伟哉豪气长虹贯！

三

机动游击战，

突破嫩江原。

貔貅④健，长驱挺进，

到处得声援。

反日怒潮澎湃起，

爆发指顾间。

响应我党对日总抗战，

消灭日贼走狗与汉奸。

精诚团结，

粉碎封锁线。

救国重任万众担，

势急不容缓，

国耻血债血来还！

四

举国鼎沸兮，

全民总抗战。

烈焰炽，

战争烽火延烧遍中原。

东北抗联齐奋斗，

统一指挥建，

三路军成立军民齐腾欢。

厉兵秣马⑤，

慷慨赴火线。

果敢冲锋，

寇氛一扫光。

民族革命成功日，

红旗光灿烂，

高歌欢唱奏凯旋。

【注释】

①八载余：1931 年 9 月，日本帝国主义发动"九一八"事变，侵占我国东北三省。至 1938 年抗联三路军成立，为时共八年。八年间，日寇在东北残酷屠杀中国人民，罪行累累。

②永矢兮弗谖：指永不忘记誓言和初心。

③六载：1933 年春，东北抗日武装在中国共产党的领导下陆续组成，李兆麟同志任抗联六军政治部主任，参与开辟小兴安岭抗日根据地。自 1933 年至 1938 年，为时六年，抗联战士始终坚守在抗日的最前线，英勇战斗。

④貔貅：猛兽名，形似虎，毛色灰白，雄者曰貔，雌者曰貅。《史记》中有"轩辕教熊罴貔貅"之句，指勇猛之师。

⑤厉兵秣马：把兵器磨快，把战马喂饱，形容做好战前准备。

【创作背景】

该诗创作于 1938 年，为纪念抗联第三路军成立所创。该诗描述了自 1931 年 9 月"九一八"事变以来，东北八年的抗日活动。该诗富有地域特色，将东北的白山黑水、冰天雪地等独有的景致纳入诗中，映衬出战斗环境的恶劣，表现出中国共产党领导的革命军队不怕吃苦、能打胜仗的革命意志。全诗气势雄壮，格调高昂，展示了一个革命者的使命担当。

廖仲恺（1 首）

廖仲恺（1877—1925），中国近代著名的民主革命家、国民党左派政治家。廖仲恺出生在美国一个华侨家庭，1897 年同出生于香港地产商家庭的何香凝结婚。1903 年，夫妻二人先后东渡日本留学，在东京与孙中山结交，并在孙中山的影响下走上革命道路，成为中国同盟会重要成员。辛亥革命胜利后，廖仲恺带着妻子跟随孙中山回国，并担任了广东枢密员、财政司长兼国税厅长等职，为革命工作鞠躬尽瘁。1914 年，又协助孙中山创建中华革命党，后为筹讨袁军费积极奔走。从 1917 年至 1919 年，廖仲恺先后担任了中华民国军政府财政部次长、代理总长，中国国民党财政主任等职务。1919 年至 1920 年，多次奔走福建、漳州，协助援闽粤军的建设和解决军费筹集问题，为广东革命政府的组建做出杰出贡献。1923 年，协助孙中山制定"联俄、联共、扶助农工"的三大政策，并改组国民党，为国共第一次合作做出重要贡献。1925 年 8 月 20 日，廖仲恺在国民党中央党部门前被国民党右派分子暗杀。

诀梦醒女、承志儿 [①]

女勿悲，儿勿啼， [②]
阿爹去 [③] 矣不言归。

欲要阿爹喜，

阿女阿儿惜身体；

欲要阿爹乐，

阿女阿儿勤苦学。

阿爹苦乐与前同，

只欠从前一躯壳。

躯壳本是臭皮囊，

百岁会当委沟壑④。

人生最重是精神，

精神日新德日新。

尚有一言须记取，

留汝哀思事母亲。

【注释】

①诀梦醒女、承志儿：诀别女儿梦醒和儿子承志。

②女勿悲，儿勿啼：互文，意思为孩子们，不要悲伤，也不要哭泣。

③去：离开，这里指去世。

④委沟壑：埋在沟壑中，指死亡。

【创作背景】

1921 年 4 月，孙中山成功驱逐桂系军阀后，成立了广东革命政府。廖仲恺担任财政部次长，但军政大权被广东省省长陈炯明掌握。1922 年，陈炯明反对孙中山打倒军阀、统一全国的计划，公开叛变，炮轰总统府，并抓捕了廖仲恺。这首诗便是廖仲恺在被关押期间写给女儿和儿子的，另外他还写了两首诗给妻子。在突变的形势面前，廖仲恺认为自己必定会被杀害，于是给孩子们留下了这些深情的话语：孩子们不用悲伤，更不要哭泣，父亲离开便不再回来，想要我在九泉下高兴，就要珍惜你们的身体，勤奋学习。对于我而言，生死的苦乐是一样的，只不过没有了这副躯体而已，躯体本来就是臭皮囊，每个人百年后都会死去，人活着最重要的是精神，每天都要有新的精神气、有更好的品德。还有一句话，你们一定要记住，将你们思念我的情感留着来侍奉你们的母亲吧！诗歌饱含了这位革命家视死如归的坦然，以及对儿女的仁爱和对妻子的深情。所幸，在妻子何香凝的努力下，廖仲恺被成功救出。直到1925年，廖仲恺被国民党右派暗杀。

林旭（2 首）

【作者简介】

林旭（1875—1898），字暾谷，号晚翠，清代末期维新派人士、"戊戌六君子"之一。林旭是福建侯官（现福州）人，自幼聪慧好学。1893 年，林旭参加福建恩科乡试，中第一名举人，1895 年入赘于内阁中书。同年，清政府与日本签订《马关条约》，林旭看到了国家和民族的危机，毅然加入维新变法运动中，希望可以通过变法救亡图存、振兴中华。5 月 2 日，林旭和同试举人们一起"发愤上书，请拒和议"，反对将辽东和台湾割让给日本。1897 年，林旭到北京"通艺学堂"学习。1898 年，林旭组织在北京的福建籍维新人士创办了闽学会，又协助康有为在京创立保国会。同年，6 月 11 日，光绪帝宣布变法。林旭在翰林学士王锡藩的举荐下入宫，与谭嗣同、刘光第、杨锐一同被授予四品卿衔，正式参与新政事宜。在变法期间，林旭是上书言事最多的一个，很多变法上谕都是他亲笔书写的。9 月 21 日，慈禧发动兵变，光绪帝被废黜，林旭等人被捕下狱，9 月 28 日，在宣武门外菜市口被杀害，留下"君子死，正义尽"的生命绝唱。

狱中示复生 ①

青蒲 ② 饮泣 ③ 知何补，慷慨 ④ 难酬国士恩。
欲为君歌千里草 ⑤，本初 ⑥ 健者莫轻言。

【注释】

①复生：谭嗣同，字复生，这首诗是林旭写给谭嗣同的。

②青蒲：青色的蒲团，古代宫室里铺地的席子。《汉书·史丹传》记载，史丹以亲密之臣的身份，进入皇帝卧室跪在青蒲团上侍奉皇帝，这里借"青蒲"的典故自比曾经受皇帝的信任和恩宠。

③饮泣：因为泪水过多流到了嘴里，形容悲伤到了极点。

④慷慨：情绪激昂。

⑤千里草：合起来是"董"字，原指董卓，此处代指甘军统帅董福祥。

⑥本初：袁绍的字，这里代指袁世凯。

【创作背景】

戊戌变法失败后，林旭被捕入狱，在狱中写下了这首诗。诗的首句化用青蒲的典故，回忆自己曾经深得圣恩的场景不禁泪流满面，不知道该如何弥补；第二句写自己满腔热情投入变法，却难以报答光绪帝封自己为国士的恩情；第三、四句继续化用典故，说自己曾经劝谭嗣同向董福祥求助，但谭嗣同却执意去找袁世凯，结果被袁世凯出卖，强调袁世凯不可信。这首诗是林旭的绝命诗，多次化用典故，含义深刻，既体现了诗人壮志难酬的悲痛心情，又以悲惨的遭遇来告诫后人不要轻信小人。

题三游洞 ①

闭门不看宜州山，临去还来访窟 ② 颜。

聊欲向僧寻枕簟 ③，溪轩 ④ 暂卧听潺潺。

【注释】

①三游洞：地名，在湖北宜昌南津关的西陵山上。

②窟：洞窟，这里指三游洞。

③枕簟：泛指枕头、席子和被褥等睡觉所需的物品。

④溪轩：靠近小溪的屋子。

【创作背景】

这首诗是林旭游览湖北宜昌南津关西陵山上的三游洞时所写的。在作者看来，宜州山可以不用去看，但是三游洞必须去游览，于是他在即将离开湖北时，前往西陵山观赏三游洞的美景。在这里，作者和朋友聊天，向僧人借卧具，然后选择一间靠近小溪的屋子躺下休息，静静地听那潺潺的溪水声。全诗并没有用过多的笔墨去描绘三游洞美景，但诗人在游览时的闲情逸致却从侧面体现了三游洞的意境美。有人说，这首诗不写景但却胜过写景。

刘伯坚（3 首）

【作者简介】

刘伯坚（1895—1935），出生于四川平昌，无产阶级革命家。1920 年远赴欧洲勤工俭学，1921 年与周恩来等发起组织旅欧中国少年共产党，1922 年加入中国共产党，后来远赴苏联学习深造。返回国内后，党派他出任国民军第二集团军（原西北军）总政治部副部长，后任中共湖北省委组织部部长、中央工农民主政府执行委员等职。1935 年 3 月 4 日，刘伯坚率部突围时，不幸中弹被捕，面对敌人的威逼利诱，他始终坚贞不屈。1935 年 3 月 21 日，刘伯坚在江西省大余县金莲山刑场英勇就义，年仅 40 岁。

带镣行

带镣长街行，
蹒跚复蹒跚①，
市人争瞩目，
我心无愧怍②。

带镣长街行，
镣声何铿锵，
市人皆惊讶，

我心自安详。

带镣长街行，

志气愈轩昂，

拼作阶下囚，

工农齐解放。

【注释】

①蹒跚：行走不便的样子。

②愧怍：指惭愧、羞愧。引申为因有错误而感到不安。

【创作背景】

中央红军长征后，蒋介石调集十几万大军包围了中央革命根据地，刘伯坚奉命坚守根据地。1935年3月4日，刘伯坚在突围时不幸身中数弹，左腿负伤，落入敌人手中。因国民党政府对他定了5万银圆的赏格，他的照片在"围剿"部队传开，所以很快被认出。在狱中，刘伯坚戴脚镣经大街移囚绥靖公署候审室时，无惧无畏，一身浩然正气，写下了这首《带镣行》，表达了革命者的高尚情怀。

移　狱

大庾①狱中将两日，移来绥署②候审室，

室长八尺宽四尺，一榻填满剩门隙；

五副脚镣响银铛，匍匐③膝行上下床，

狱门咫尺隔万里^④，守者持枪长相望。

狱中静寂日如年，囚伴等吃饭两餐，

都说欲睡睡不得，白日睡多夜难眠；

檐角瓦雀^⑤鸣唧啾，镇日^⑥啼跃不肯休，

瓦雀生意何盎然^⑦，我为中国作楚囚。

夜来五人共小被，脚镣颠倒声清脆，

饥鼠跳梁^⑧声啧啧，门灯如豆生阴翳^⑨；

夜雨阵阵过瓦檐，风送计可到梅关^⑩，

南国春事不须问，万里芳信无由传。

1935 年 3 月 13 日晨

【注释】

①大庾：即大庾县，今江西省赣州市大余县。

②绥署：全称是绥靖公署，民国时期国民革命军的指挥机构。

③匍匐：同蒲伏，爬着走，形容牢房生活的困顿。

④狱门咫尺隔万里：离开牢门不过咫尺，可是像万里那么远，不能越过，亦指被囚在牢内和外面的世界隔绝。

⑤瓦雀：麻雀、家雀的别名。

⑥镇日：从早到晚一整天。

⑦盎然：饱满。这是指瓦雀的活泼姿态和生气勃勃。

⑧跳梁：跳跃。

⑨阴翳：指阴霾，阴影。

⑩梅关：大庾县南部的梅岭一带。当时刘伯坚被囚禁在大庾县狱中，他估计风可以把夜雨送到梅关，含有把他们被囚的消息送到

革命队伍中去的意思。

【创作背景】

这是一首主题深刻的现实主义革命诗歌，作者生动形象地描述了监狱里的情形，如面积大小、内部布局、狱友日常生活等，为我们提供了了解那个年代监狱情况的第一手资料。作者如实地描写着监狱内的遭遇，看似在诉苦，其实不然。作者面对如此艰苦的生存环境，毫不畏惧，绝不退缩，仍然坚信革命的发展就像春天那样充满勃勃生机，坚信革命必胜。

狱中月夜

空负梅关^①团圆月，囚门深锁窥不得。
夜半皎皎^②上东墙，反影^③铁窗皆虚白。

3月19日夜

【注释】

①梅关：古时候叫秦关，又叫横浦关。地处距南雄县城大概30千米的梅岭地区，虎踞梅岭两峰夹峙，就像一道城门把江西和广东分隔开来。

②皎皎：这里指洁白的月光。

③反影：月光照进来形成的影子。

【创作背景】

这首诗是刘伯坚被捕入狱之后写的。刘伯坚于1935年在战斗中不幸被俘入狱。在监狱里的17天，他视死如归，临危不惧，坚

贞不屈。他在遗书中将自己的一辈子总结为："为中国而生，为中国而死"，并以"我为了中国的命运而沦为楚囚"感到非常自豪。他在监狱里写了《狱中月夜》《移狱》《带镣行》三首诗，体现了他甘愿为祖国的解放事业而牺牲的大无畏精神。

刘绍南（2首）

【作者简介】

刘绍南（1903—1928），别名刘自棠，出生于湖北沔阳。1924年考入武汉中华大学，在武汉读书时，他深受马克思列宁主义思想影响，1925年加入中国共产党。1926年，党组织委派他去洪湖地区开展革命工作，曾任中国工农红军十六师政治部主任。1928年夏，刘绍南在洪湖地区与豪绅土匪反动武装的战斗中，不幸中弹被捕。1928年7月23日在洪湖县戴家场被反动派杀害，时年25岁。

答敌人审问

大丈夫，要革命，
立志创造新社会；
为工农，谋幸福。
百折不挠气不馁。

你们杀了我一人。
好像明灯暂被狂风吹；
革命少了我一人，
好比大海丢了一滴水。

革命声势如浪涌，

一起一伏前后追，

浪打沙埋众贼子①，

哪怕妖魔②逞淫威。

白旗③倒了红旗④飘，

老子生死在这回。

走上前来不下跪，

贼子们，睁开眼睛看爷爷！

【注释】

①贼子：土豪劣绅等反动势力。

②妖魔：土豪劣绅等反动势力。

③白旗：指反动力量。

④红旗：指革命力量。

【创作背景】

该诗据说是刘绍南在受审时曾高声歌唱的，表现了他作为一个共产党员不惧生死，坚信革命一定会胜利，信仰永不动摇。我们为什么要革命？是为创造新社会，为工农谋幸福。而且革命的力量如大海，"革命声势如浪涌"，能够摧毁一切反动势力，最终革命一定会胜利。最后两句升华全诗，表达作者不畏生死，为革命奉献一生的坚定信念。

壮烈歌

壮，好汉！

铡刀下，把话讲：

土豪劣绅，一群狗党 ①，

万恶滔天，刮民血汗。

休要太猖狂！

革命人，你杀不完。

有朝一日——

血要用血还。

刀放头上不胆寒，

英勇就义——

壮！壮！壮！

烈，豪杰！

铡刀下，不变节，

要杀就杀，要砍就砍，

要我说党，我决不说。

杀死我一人，

革命杀不绝。

直到流尽了——

最后一滴血，

眼睛哪肯把敌瞥^②！

宁死不屈——

烈！烈！烈！

【注释】

①狗党：土豪劣绅等反动力量。

②瞥：临死不惧，不眨眼，不屈服。

【创作背景】

这首诗是作者在刑场上高声歌唱的。全诗分两层来写，以"铡刀下，把话讲"引题，"刀放头上不胆寒"，临刑前把敌人痛骂一番，是对敌人的控诉和警告，以三个"壮"字收尾；第二层以"铡刀下，不变节"引题，革命人个个不怕死，杀也杀不完，"眼睛哪肯把敌瞥"刻画出一个临死也不眨一下眼的革命英雄形象，以三个"烈"字收尾。整首诗表达了革命志士为解放全中国不畏牺牲的献身精神。

刘志丹（1 首）

【作者简介】

刘志丹（1903—1936）：又名景桂，字志丹，出生于陕西保安（今志丹），中国共产党党员，无产阶级军事家、革命家，西北红军和西北革命根据地的主要创建人之一。刘志丹从青年时期起就投身革命，1925 年加入中国共产党，后遵照党的命令入黄埔军官学校。曾任中共陕北特委军事委员会书记、西北工农革命军军事委员会主席、中国工农红军第十五军团副军团长兼参谋长等职务。

1936 年 3 月，刘志丹率红二十八军参加东征战役，在晋西北迭克敌军。4 月 14 日，在与敌军交战过程中不幸中弹，壮烈牺牲，年仅 33 岁。

爱国歌

黄河两岸，

长城内外，

炎黄子孙再不能等待，

挽弓持戈①，

驰骋疆场，

快！

内惩国贼，

外抗强权，

救我中华万万年。

【注释】

①挽弓持戈：挽弓，指拉弓。持戈，即手握兵器准备打仗的意思。

【创作背景】

刘志丹在陕北联合县立榆林中学上学时，就积极参加学生集会和示威运动等，参与反帝反封建斗争。青年时期投身革命事业，联络组织起义工作，是杰出的工农红军指挥将领。

这首《爱国歌》，强调了中华民族已经到了危难时刻，华夏儿女不能彷徨，必须拿起武器奔赴战场，内惩卖国贼，外抗侵略者，挽救中华民族。这首诗表现了作者强烈的反抗精神与爱国热情。

鲁特夫拉·木塔里甫（6 首）

【作者简介】

鲁特夫拉·木塔里甫（1922—1945），维吾尔族人，出生于新疆伊犁尼勒克县一个贫苦的宗教人士之家，维吾尔族现代革命文学的开拓者、著名的爱国主义诗人。1939 年在乌鲁木齐学习，开始接触马克思主义文艺理论和高尔基、鲁迅、马雅可夫斯基的作品。1941 年至 1943 年在新疆日报社工作，受到共产党的影响，创作了大量革命诗歌，他的作品主要反映当时与中国人民的生死存亡息息相关的抗日救亡运动。1945 年参与组织反对国民党的"火星同盟"，在准备组织农民武装起义时，不幸被国民党抓捕，于 1945 年 9 月英勇就义，年仅 23 岁，留存遗著《黎·穆特里夫诗选》。

我这青春的花朵就会开放

假使我们能够不断地、英勇地斗争再斗争，
那时我青春的花朵就会开放。
假使我们敢于顽强地背叛陈旧的人生，
那时我青春的花朵就会开放。

假使帝国主义从地球上绝了根，
一切被压迫者从生活里看到远大前程，

大踏步地向着幸福的未来迈进，
那时我青春的花朵就会开放。

假使我们被压迫者同甘共苦，
坚实地向崭新的路上大胆迈步，
让我们稳固地奠定下平等的基础，
那时我青春的花朵就会开放。

假使贫困受难者不再受苦，
再也不说："啊！多么闷气哟！"
当他们失望的时候得到同情与互助，
那时我青春的花朵就会开放。

假使文化—科学洋溢在祖国，
被压迫者求知的欲望像浪涛般沸腾，
假使在叛逆者的路上冲破封锁，
那时我青春的花朵就会开放。

假使每个地方都听到工厂的汽笛声，
火车在铁路上奔驰呜呜长鸣，
假使飞机在空中隆隆飞行，
那时我青春的花朵就会开放。

假使英雄的青年们能挺胸而出，
对每一件事都能英勇机警，
假使从阴暗的角落里能放出光明，
那时我青春的花朵就会开放。

假使成群的知识分子能担当起任务。
在艰难的环境中能埋头吃苦，
心里永远盘算为人民的事业而奋斗，
那时我青春的花朵就会开放。

假使把野心的民族主义者从根铲除，
我们敢于为真理挺胸而出，
假使能成为一个解放中国的能手，
那时我青春的花朵就会开放。

假使每一件事都是为了人民的利益，
掌握建设技术，不向困难低头，
在发展的道路上不怕牺牲自己，
那时我青春的花朵就会开放。

木塔里甫，你大胆说出真理的话。
勇敢地堵挡住敌人的道路，
为真理而强烈地高呼"乌拉"①，

那时我青春的花朵就会开放。

【注释】

①乌拉：俄语音译词汇，在俄语里并没有具体的意思，通常作为表达强烈情感的语气词。俄国官兵在冲锋时通常高喊"乌拉！"。

【创作背景】

该诗写于1938年4月，当时作者才16岁，但是能看出作者的胸怀和志向，他胸怀天下人民，愿为解放人民和建设祖国奉献青春和生命。为了实现这伟大的理想，要用生命去战斗，排除前进道路上的一切障碍和困难，直到红色花朵开遍祖国大地。

战斗的中国妇女

"狗报主恩，女人却是累赘。"——
这是痉挛①的、黑暗岁月里的一位"贤哲"的谬言！
如今我们把那"头发长、见识短"，
如乱麻似的往年，
早已抛弃在背后，
甩在遥远的一边。

假如用你的智慧瞄准以往岁月的胸膛，
再刺入你的知识—科学的宝剑；
假如你把一根细毛劈成四十半。
你会清晰地看出

以千百万祸害交成的奥秘的画面。

我们的岁月是战斗的，我们都是战斗员，

我们，男的和女的，

都已学会了怎样战斗。

由于那以往的那狭窄的路抛弃在后面，

因此我们要向前进军，

在我们的面前已经开拓了无尽的大路。

【注释】

①痉挛：指肌肉突然紧张，不由自主挛缩，有时会有疼痛感及机能障碍，但往往无害，且会在数分钟之后消失。这里指扭曲的世道。

【创作背景】

该诗写于 1939 年 3 月，当时作者在乌鲁木齐学习。在中国共产党的领导下，中国妇女投身革命，她们抗争、牺牲，前赴后继，不断奋斗，为实现民族独立、人民解放，奉献巾帼之力。该诗描写了被压迫的中国妇女的觉醒，她们和男人一样为理想和自由战斗，妇女思想认识提高后，看到战斗的前途一片光明。

当突破黑夜，留下足迹的时候

岁月艰苦……希望却依然光明……

路程迢迢①，无终无尽。

遍地是敌人的罗网，

到处是敌人的陷阱……

前面是河流……前面是渡口，
前面是曲折……阴险的道路。
前面是钢铁般胜利的岁月，
前面全是行动，全是战斗。

尽管那里浪涛起伏澎湃，
不断地向陡削的山崖击敲。
你依然站在那战斗的前哨，
坚守着你那战斗的坑道。

这里是暴风……那里是严寒，
阴惨的黑云遮满天空。
你在那里生长壮大的故乡，
洪水巨流已决口泛滥。

那些被摧毁的断壁残墙，
那些坟冢②般堆起的废墟，
曾是你生长壮大的地方，
是你用血汗开拓养育的土地。

记住吧，这座村庄，
就是你的祖先和儿孙们的家乡。
那些旷野、花园、巍峨的群山，
如同你难舍的亲人一样。

那些翠绿的森林，对你是何等亲切，
那些深长的山涧，对你是何等坦率，
甚至是每个生灵，每个月夜……
都是你的忠实的伴侣。

那皎洁的明月，灿烂的繁星——
点点闪烁的银光，对你何等体贴。
广阔的田野，无穷的山脉……
都和你有着深厚的感情。

在那遮不住风雨的破屋里，
住着的是你心爱的妈妈。
在那险峻高大的山地，
奔走的是你游击队里的爸爸。

为你运送饮食和弹药的，
是你那六岁的小弟弟。
为你缝补军衣、做鞋的，

是你那七岁的小妹妹。

这就是他们踏过的钢铁的足迹，
它永远不会磨灭，不会消逝。
这就是他们燃起的火炬，
它将永不熄灭，日益旺炽……

那些融和着鲜血的泪水，
永远发光，不会消褪。
那些血的泪，红的血。
将会反射出太阳般的光辉。

若说年是卷，月就是它的页，
星期便是它的行，日子是标点。
用你的战斗来创造战斗的年月，
你赋给日子以力量，战斗的青年！

【注释】

①迢迢：遥远的样子。

②坟冢：用土堆成的坟包，即坟墓。

【创作背景】

该诗写于 1942 年，作者在新疆日报社工作时，写了大量革命诗歌，这是其中一首。本诗描写了革命形势的严峻，前途困难重重，但是并没有阻挡革命者前进的脚步，虽然留恋家乡的一草一木，但是为了理想，人们会将青春和生命献给革命。

我决不……

任凭黑暗的势力压得我驼背弯腰，
任凭魔爪掐住了我的咽喉；
但是，我决不屈服——决不！
决不用哀求的声音要求还给我——
　　　属于我的——
　　　一生只有一次的——生命；
决不伸出颤抖的双手向偶像求饶。
我憎恨那些把头埋在敌人脚下的懦夫，
我憎恨那些把光明送给黑暗的叛徒，
我憎恨那些跪拜在偶像面前哭泣的人……
我要揭发——
　　　那独裁者龌龊的灵魂，
　　　那鲜血淋漓的屠刀，
　　　那绞杀真理和幸福的绳索……
敌人砍去了我的头颅——人民会还给我，
敌人砍倒了革命的旗帜——人民会将它重
　　　新撑起，
敌人将我推向倒塌的死亡的大门，
敌人把我的头悬挂高竿——去告诫人民……

但是，我决不屈服——决不！

我要用我整个的精神歌唱，

我要用我纯洁的心拨响琴弦。

我要用我的血化成复仇的巨流，

冲垮敌人的宫廷，

冲垮魔王摇摇欲坠的宝座，

冲！

    冲！

      冲！

【创作背景】

　　该诗写于 1943 年在新疆日报社工作期间，这是作者大量革命诗歌中的一首。该诗采用反复的手法，将坚贞不屈的意志和推翻反动统治的决心描写得淋漓尽致。作者在敌人面前，不屈服，不求饶，蔑视那些懦弱者，立志揭发独裁者的龌龊和残暴，即使舍弃头颅，也绝不屈服和停歇。读完全诗，诗人虽是一位文弱书生，但跃然纸上的却是一幅铮铮铁骨的钢铁硬汉形象。

给岁月的答复

时间太匆忙，一点也不肯停留。

岁月便是时间的最快脚步。

畅流的水，破晓的黎明依然清晰。

疾驰的岁月却是窃取寿命的小偷：

窃取后，头也不回地

一个追着一个，匆忙逃走。

在青春的花园里听不到黄莺拍翅，

树叶枯萎凋零，树枝变成秃头。

青春是人们最美妙的季节，

然而它又是何等短暂。

当你撕去日历上的一页，

便会预感到青春的花朵凋落了一瓣。

岁月之风在飘舞，落叶掩盖了大地，

落了叶的树显得格外可怜……格外悲凄。

岁月，那么慷慨地给姑娘们带来了皱纹，

给男子们带来了满腮的胡须。

但是，不能咒骂岁月，

让它流过去吧，这是它必然的规律。

人们不会放松时间，

把戈壁变成绿洲的还是人们的双手。

岁月的胸襟辽阔，机会无穷，

山一般重大的事还是在岁月里耸立。

你瞧，昨夜还那么幼小的婴儿，

啊，今天他就会站起来走路了！

战斗的人们追随着战斗的岁月，

一定会留下他战斗的子孙；

昨晚为幸福而牺牲的烈士墓上，

明天一定会布满悼念他的花丛。

尽管岁月给我带来了胡须。

但我会在岁月的怀抱里锻炼自己。

在我面前败走的每个岁月里，

早已铭刻了我的创作——不朽的诗篇。

在斗争激烈的时候，我决不会衰老，

我的诗，像天空的繁星在我面前闪耀。

我时时不会忘记，坚忍—果敢就是胜利，

在战斗重重的陡坡上，死亡对我是何等渺小，

我要跟射手们牵起手来，

在前进的道路上紧紧地跟随旗手，

在战斗的疆场上始终不显出疲惫；

我要走遍一切走向胜利的道路。

岁月，你别得意地擂胸狂笑，

在你面前我宁肯断头，绝不受你凌辱^①。

你别为了催我衰老而过分地枉费心机；

我会把我的儿子许给最后的决斗。

岁月之海，尽管你的浪涛那样汹涌起伏，

我们的舰队一定会突破你的浪头。

尽管你以飞快的速度想恫吓^②我们，

但是，创造必定会使你衰老——

这就是我们对你的答复。

【注释】

①凌辱：欺凌侮辱。

②恫吓：虚张声势，恐吓他人。

【创作背景】

该诗写于 1943 年在新疆日报社工作期间，这是作者大量革命诗歌中的一首。在战斗的岁月里，革命者不怕衰老和牺牲，为了革命事业前赴后继，鼓励后辈继续战斗，坚信革命必胜，坚信前途一片光明。

幻想的追求

我不能痴望，朋友，我要追求远大的理想，
我决不能放下为斗争而举起的臂膀。
坚毅的园丁不会使花儿萎谢凋零，
让花园不合时宜地荒凉。

我的幻想宛如一个纯真的婴儿，
不时地为吮吸慈母的双乳而在神往。
我凝视着天空沉浸在甜蜜的想象里，
以思维底眼睛瞧见了那光亮的一方。

当恋人掀起明亮的窗帘期待在窗前，
她心上的人怎能不在酣睡①里辗转？

当爱情的烈火燃烧起我的心胸，

我怎能不写富有幻想的抑郁的抒情诗篇？

由于我听过祖母讲述给我的童话，

因此我向来就是一个富有幻想的抑郁的青年。

我既然是情海最深处的波浪，

那渺小的池沼^②怎能制止我的渴望？

【注释】

①酣睡：睡得很香的意思。

②池沼：池塘。

【创作背景】

这首诗写于 1945 年，是作者对敌人的宣战。1943 年，国民党反动派为陷害作者，无故将他从乌鲁木齐的新疆日报社调到阿克苏去工作，不久就以莫须有的罪名将其逮捕入狱。当时敌人诱骗作者写悔过书，公开声明改变革命立场，但是作者始终坚贞不屈。出狱后，他继续进行革命文学创作，以笔为枪继续战斗。

彭湃（6 首）

【作者简介】

彭湃（1896—1929），祖籍广东海丰，中国共产党早期农民运动的主要领导人之一，被誉为"中国农民运动大王"，著有《海陆丰农民运动》一书。曾任中共中央军委委员、中央政治局委员等职。1927 年 11 月，领导建立中国第一个红色政权——海陆丰苏维埃政府。苏维埃政权建立后，彭湃马上着手进行土地革命和镇压反革命。

1929 年 8 月，由于叛徒白鑫出卖，彭湃不幸被捕。在上海龙华监狱中，他坚贞不屈，坚持斗争。8 月 30 日，他与杨殷、颜昌颐、邢士贞三位战友态度自若，高唱《国际歌》，高呼"打倒帝国主义！""打倒国民党蒋介石！"英勇就义，年仅 33 岁。

劳动节歌

今日何日？

"五一"劳动节，

世界劳工同盟罢工纪念日。

劳动最神圣，

社会革命时机熟。

希望兄弟与姊妹，

"劳动"两字永牢记。

【创作背景】

1921 年，彭湃在海丰担任教育局长，为庆祝"五一"国际劳动节创作了这首诗歌。这首诗歌曾经作为海丰各个中小学音乐课的教材，在学生中广泛传唱。该诗采用一问一答的方式开头，引出全诗主题：世界劳工同盟罢工纪念日。这首诗不仅是对劳动行为的歌颂，更是对全世界工农阶级罢工行为的纪念，是一首革命诗歌。

起义歌

我们大家来起义，

消灭恶势力！

如今大革命，

反封建，分田地①，

坚决来斗争，

建设苏维埃！

工农来专政，

实行共产制，

人类庆大同，

无产阶级世界革命，

最后成功！

【注释】

①分田地：即"打土豪分田地"，是土地革命的核心内容和主要任务。

【创作背景】

彭湃是中国共产党早期农民运动领导人,享有"中国农民运动大王"之赞誉,他曾领导海陆丰起义,领导创建海陆丰苏维埃政府,编写了《海陆丰农民运动》,对发展中的农民起义运动有着重要指导意义,为红色政权的建设积聚了丰富的经验。

在这首诗中,作者巧妙地将反封建、分田地、建设苏维埃政权等革命任务融入诗中,用词简练,铿锵有力,较好地促进了革命思想的传播,表现出作者高昂的革命热情。

田仔骂田公 ①

冬冬冬!田仔骂田公:

田仔做到死,田公吃白米。

冬冬冬!田仔打田公。

田公唔(不)知死,田仔团结起。

团结起来干革命,革命起来分田地。

你分田,我分地,

有田有地真欢喜,免食番薯 ② 食白米。

冬冬冬!田仔打田公。

田公四散走,拿包斗 ③,

包斗大大个,割谷 ④ 免用还。

【注释】

①田仔骂田公:其中田仔指佃户,田公指地主。

②番薯：薯类的一种，泛指很粗陋的饭食。

③包斗：即用来装米的麻布袋。

④谷：泛指粮食。

【创作背景】

这首歌是彭湃从事农民运动时写的，他采用了本地的方言，将佃户与地主之间的阶级矛盾表现得淋漓尽致。田仔为什么骂田公呢？因为劳作到死，吃不到白米。如何翻身呢？"团结起来干革命，革命起来分田地"，点睛之句，一针见血。作者运用非常通俗的语言，像拉家常一样，阐释着一个底层逻辑，即"守旧就受穷，革命就翻身"，充分激发了工农阶级"打土豪分田地"的热情和斗志。

歌一首

无道理，无道理，
死了一个人，
吃饱通乡①里。

太不该，太不该，
地主来讨债，
孝子②哭哀哀！

真可恼，真可恼，
生做个穷人，

死不当只狗。

莫烦恼，莫烦恼，

大家合起来，

打倒地主佬！

打倒地主分田地，

千家兴，万家好。

【注释】

①通乡：全乡。

②孝子：指贫苦人家的孩子。

【创作背景】

1927 年 11 月，彭湃在海陆丰第三次武装起义胜利后写了这一首歌。海丰有个旧俗，若有一家死了人，全村人及亲友都要来大吃一顿。为了筹备请客，穷苦人家不得不向地主借高利贷，地主借机敲诈勒索，穷人有苦难言，备受其害。整体上看，作者采用对比的手法，将地主与穷苦人的社会地位进行了对比，"生做个穷人，死不当只狗"，同样是人，为何有这么大的差距？全篇作者分四个层次来写，"无道理、太不该、真可恼"前三层次，主要是在叙述事实，提出问题，揭露穷人遭受盘剥的根源，为下一层次做铺垫。"莫烦恼"这一层次，写出了解决问题的办法，只有团结起来，打倒地主佬，才能分到田地，才会万家欢喜。

歌一首

山歌一唱闹嚷嚷，农民兄弟真凄凉！
早晨食碗番薯粥，夜晚食碗番薯汤。

半饥半饱饿断肠，住间厝仔①（小屋子）无有梁。
搭起两间草寮②屋，七穿八漏③透月光。

【注释】

①厝（cuò）仔：方言，指小屋子。

②草寮（liáo）屋：寮指小屋，草寮屋即小的草屋。

③七穿八漏：指屋顶或墙壁有很多窟窿。

【创作背景】

彭湃常深入农村，深知农民生活的真实情况。看到最底层人民的困苦生活，他难以压抑内心的愤慨。这首诗作者用通俗易懂的语言刻画了农民生活的疾苦，表达了对吃不饱、住不暖的农民同胞的同情，展示了对人民的热爱和将革命进行到底的决心。

歌一首

日头出来对面山。欢送阿郎去打战①；
打了胜仗阿郎返，侄②（我）爱手枪和炸弹。

【注释】

①打战：打仗的意思。

②𠊎：客家方言，即"我"。

【创作背景】

这首诗歌是彭湃依据客家山歌改编而来。一次，他听到客家姑娘唱山歌："日头出来对面山，打扮阿郎去过番（去南洋），十七十八阿郎返，玉石手镯金耳环"。彭湃听后便把这首山歌改成了一首革命山歌。把送阿郎去南洋挣钱讨生计，改成了送阿郎参军上前线；把阿郎挣钱后的玉石手镯金耳环，改为胜利归来战士的枪和手榴弹。一首情歌蜕变成了一首革命诗歌，由一个小家庭的幸福计划，变成了广大工农阶级的革命理想。

蒲风（3 首）

【作者简介】

蒲风（1911—1942），原名黄日华，别名黄飘霞，出生于广东梅县，现代著名革命诗人，中国诗歌会发起人之一。1938 年加入中国共产党，1940 年在皖南新四军从事文艺宣传工作，1942 年 8 月因病去世。蒲风著有《生活》《钢铁的歌唱》《茫茫夜》《抗战三部曲》《六月流火》等诗集。他的诗歌前期主要写被压迫的农民的痛苦、灾难和反抗，后期则以歌颂抗日反帝为主题，诗歌热情豪放，简洁朴实，通俗易懂。蒲风的诗歌形式丰富，既有真情实感的抒情诗，也有叙事诗、讽刺诗、方言诗和明信片诗等。

热望着

在不远的彼方
有光明在照耀。
热望，把握，追求，
粉碎身上枷锁①，
建造甜的欢笑。
路不远，
心莫焦；
不是孤舟

在大海里漂；

不是只马单身

在日夜里奔驰、跃跳。

热望着，热望着……
前有光明② 在引导，

前有光明在照耀！

【注释】

①枷锁：借指压在劳苦大众身上的三座大山。

②光明：指革命思想的号召和革命胜利的曙光。

【创作背景】

该诗写于 1934 年 7 月，作者长期生活在农村，亲眼看见广大农民要生活、要革命的热情，作者通过这首诗表达了对革命必胜的坚定信心，鼓舞人心。

不管是前线的战士、牢狱中的革命志士，还是大后方备受煎熬的工农群众，听到这首诗后，顿时就感到有了力量，忘却了当下所受的痛苦和牺牲，因为有很多志同道合的人和我们一起努力，因为光明在向我们招手，坚持就是胜利，胜利就在眼前。

诗　人

诗人，诗人！
你是时代的前哨①，
你是大众的良朋，

你是自由、幸福的追求者，

你也是悲哀、苦痛的代言人。

你的心

汇合了人间千万种感情，

发出了至真至诚的呼声。

你怀藏了整个现实，

　　火、风、雨，

　　清香与污秽，

　　正义与欺骗，

　　黑暗与新生，

你都看得分明。

你歌唱着，

你的生命是前进。

举着前进的火炬，

踏着人类被屠戮的，

　　抑或是为生存而战斗的

那斑斑的血迹，

要把永远的光明追寻。

哪怕自己踏着崎岖荆棘②的路，

哪怕黑暗的钢刀横在前面——

罪恶主宰着刽子手；

没有害怕，没有惊惶，

真理安定了你的步伍③；

就是在那光明与黑暗的决战场。

除了勇敢，除了把武器当做歌，

再没有神圣的任务。

呵！诗人，诗人！

人类之灵！

你是时代的前哨，你是大众的良朋。

你是悲哀、痛苦的申诉者，

你是自由、幸福的代言人。

呵！诗人，诗人！

人类之灵！

呵！诗人，诗人！

人类之灵！

【注释】

①前哨：指时代进步思想引领者。

②崎岖荆棘：指追求真理的道路不是平坦的，会有千难万险。

③步伍：步伐。

【创作背景】

该诗写于 1938 年 5 月 24 日。1932 年，蒲风与杨骚、穆木天、任钧等人组织"中国诗歌会"，他任总务干事，是诗歌会中最活跃的诗人。在艰苦的环境中，他以笔为枪，坚持革命。在这首诗中，他将革命诗人的使命、任务、作用描述得很准确到位。作者认为作为诗人应该是进步思想的引领者，是"时代的前哨""大众的良朋""自由、幸福的追求者""悲哀、苦痛的代言人"，一组排比，开宗明义。在揭露黑暗和邪恶、追求真理和光明的道路上，困难重重，甚至可能为之付出生命，但是作者立场坚定，不畏生死。

我爱一支枪

我爱一支枪，

枪口上着刀，

时常背在肩上，

　　雄赳赳①的

　　是一个战士模样！

我爱一支枪，

把它紧靠在身旁；

前后左右移动都先照顾它，

　　它是我的生命，

　　永远握在我手上！

我爱一支枪，

带它进出在火线②上：

两眼对准标尺也对准前方，

我要用珍珠般的子弹

射出敌人的脑浆！

喂！

我爱一支枪，

　　把它擦得满漂亮，

　　太阳照着射光芒！

早也爱它，晚也爱它，

夜里有时也把它共着躺，

　　它是我的枕头，

　　它是我的姑娘！

【注释】

①雄赳赳：气势昂扬的样子。

②火线：指战场，打仗的最前线。

【创作背景】

该诗写于 1938 年 7 月 1 日。作者分四段对枪进行描述，每段均以"我爱一支枪"开头，第一段写了作为荷枪战士的自豪；第二段对枪进行了定位，"它是我的生命，永远握在我手上"，枪是生命，枪在人在；第三段写出爱枪的原因，"我要用珍珠般的子弹，射出敌人的脑浆"，枪是武器，射敌脑浆；第四段对枪的感情进行升华，给没有生命的武器赋予了生命，"它是我的姑娘"写出了对枪的挚爱，枪是爱人，昼夜不离，同时由对枪的深爱，反衬出对敌人的仇恨，因为手握长枪的使命就是射杀敌人、消灭敌人。

钱毅（6首）

【作者简介】

　　钱毅（1925—1947），原名钱厚庆，出生于安徽芜湖，中国共产党党员，著名文学家阿英（钱杏邨）的长子。抗战初期在上海读书时便积极参与抗日活动，曾主演高尔基《童年》等话剧。1941年随父亲阿英赴苏北抗日根据地，参加新四军，先后在一师一旅服务团、三师鲁迅文工团从事戏剧工作，后担任新华社盐阜分社特派记者和《盐阜大众报》副主编。1947年在苏北淮安县石塘区采访时被俘，敌人对他进行惨无人道的折磨，威逼利诱让他放弃共产党人的信仰，他宁死不屈，英勇就义，被敌人残忍杀害时年仅22岁。

墙头诗①

一

解放区②欢天喜地，大后方乌烟瘴气，
要把解放区的欢喜，带到全中国各地。

二

解放区人民逢人就笑，敌伪区③人民眼泪滔滔，
大后方④人民伸不直腰，请看！哪个地方好？

三

蚂蚁不敢碰热锅，恶狼不敢靠猛虎。

人民武装扩千万，反动派只好把脚踩。

四

当了伪军臭煞，当了顽军咒煞。

子弟加入人民军，祖宗万代荣耀煞！

五

流血流汗三千日，百年苦水才吐得。

伸腰日子要长久，端起钢枪防民贼！

六

一人栽树，

万人遮荫；

新四军流血，

为的是百姓。

劳军！劳军！

祝部队把敌伪灭干净！

【注释】

①墙头诗：发表在街头墙上或印成传单在街头散发的诗，这类诗称为墙头诗，题材多反映现实问题。

②解放区：指推翻反动统治，建立了人民政权的地区。在本诗中，

指由中国共产党从敌伪统治和国民党统治下解放出来的地区。

③敌伪区：抗日战争时期，日本侵略者和汉奸侵占并建立伪政权统治的地区。

④大后方：指抗日战争时期，中国西南、西北虽没有因日本人的侵略而卷入战火，但是仍在国民党黑暗统治下的地区。

【创作背景】

钱毅经常深入群众，熟知基层人民群众的语言。他的作品通俗易懂，有力促进了革命思想的传播，《墙头诗》便是其中的代表作。《墙头诗》在语言上采用当地的口语方言，极其淳朴生动，自然拉近了诗歌与人民的距离，用简练的语言描绘了各地区人民的生活现状，短小精悍，易于念诵传唱，极具感染力和亲和力。

秋瑾（3 首）

【作者简介】

秋瑾（1877—1907），字竞雄，号鉴湖女侠，浙江绍兴人，清末民主革命女烈士。秋瑾出生于官宦世家，其父秋寿南是湖南郴州知州，嫡母是浙江萧山名门望族后裔。秋瑾从小好文史、善诗词，学骑马击剑。1896 年，秋瑾嫁给湖南省双峰县荷叶镇的王廷钧，婚后育有一子一女。秋瑾在双峰县荷叶镇生活时，与唐群英、葛健豪相交甚好，三人被称为"潇湘三女杰"。1904 年 7 月，秋瑾毅然前往日本留学，与鲁迅、陈天华、陶成章、黄兴、宋教仁等志士仁人结交，积极参加留学生组织的革命活动。她与陈撷芬共同组建了开展妇女运动的团体——共爱会；与刘道一、王时泽等创办了《白话报》，大力宣传革命活动；加入洪门天地会，且担任军师。1907 年，秋瑾创办《中国女报》，倡导女权，进一步宣传革命。同年 7 月，和徐锡麟等人商议组织光复军在安徽、浙江起义，不料事情败露，起义失败而被捕，7 月 15 日，秋瑾在绍兴轩亭口英勇就义。

对　酒

不惜千金买宝刀，貂裘换酒也堪豪。
一腔热血勤^①珍重，洒去犹能化碧^②涛^③。

【注释】

①勤：多。

②化碧：化用周朝大夫苌弘的典故，苌弘因为忠心爱国而被奸臣陷害，人们用石匣把他的血藏起来，三年后血液竟然化成了碧玉。后世多用"碧血"来形容烈士之血。

③涛：此处意指掀起革命的风暴。

【创作背景】

近代中国是一个革命时代，秋瑾虽然不是第一位为推翻封建统治而献身的女烈士，却是首个引起社会剧烈反响的女烈士。作为封建官宦世家出生的女子，秋瑾敢于冲破封建社会的桎梏，从小学习诗文，练骑射，毅然奔赴日本留学，果断参加革命活动，一生为伸张女权和中国革命事业而奋斗，为辛亥革命的胜利做出了重要贡献，是近代中国革命历史中一位具有象征性和标志性的人物。她在留学期间结交仁人志士，积极参加革命活动，并且写下了大量的诗词文章。这首诗便是秋瑾在日本时所写，诗歌的大意是不惜花千金买宝刀，用貂皮大衣去换酒，与朋友们豪饮，满腔热血需要多珍重，但是为了革命事业，甘愿将其抛洒。这首诗将秋瑾巾帼不让须眉的刚烈形象和为革命献身的伟大志向展现得淋漓尽致，令人敬畏和感叹。

黄海舟中日人索句并见日俄战争地图

万里乘云去复来，只身①东海挟②春雷。

忍看图画③移颜色④，肯使江山付劫灰⑤。

浊酒不销⑥忧国泪，救时应仗⑦出群才。

拼将⑧十万头颅血，须把乾坤⑨力挽回。

【注释】

①只身：独自一人。

②挟：伴随。

③图画：中国地图，指中国领土。

④移颜色：改变颜色，即中国领土变成日本帝国主义领土。日俄战争后，俄国把中国的旅顺、大连湾的租借权转让给了日本。

⑤劫灰：被帝国主义火炮炸成灰烬。

⑥销：同"消"，消除。

⑦仗：依靠。

⑧拼将：舍弃。将，语助词。

⑨乾坤：天地，这里指中国存亡的局势。

【创作背景】

从标题可以看出这首诗的写作背景。秋瑾坐船从日本回归途中，遇到日本友人向其索要诗词作品，这时恰好看到日俄战争的地图，想到了帝国主义瓜分中国的罪恶行径，心中义愤难忍。眼见轮船在大海上带出的滚滚浪花，联想到自己归国是为了救亡图存，不能让帝国主义瓜分中国的计划实现，于是写下了这首诗。诗的前两句直接抒发了秋瑾的伟大志向，即寻求救国救民的革命道路；三四句写自己不忍心看到中国地图改变颜色，成为帝国主义的版图，更不愿祖国江山被帝国主义的大炮炸成灰烬；五六句写浊酒无法消除心中忧国忧民的情绪，只能流下眼泪，并指出救亡图存应该依靠群众的力量；最后两句表明自己愿意带领无数将士战死沙场，只要能够挽救危机中的中国，表达了作者深深的爱国情怀和甘愿牺牲、坚定不移的革命信念。而事实证明，秋瑾最后的确用自己的生命践行了自己的誓言，于 1907 年 7 月 15 日慷慨就义。

满江红

　　小住京华，早又是中秋佳节。为篱下黄花开遍，秋容①如拭。四面歌残终破楚②，八年③风味徒思浙④。苦将侬⑤，强派作蛾眉⑥，殊⑦未屑！

　　身不得，男儿列，心却比，男儿烈。算平生肝胆，因人常热。俗子⑧胸襟谁识我？英雄末路当磨折。莽红尘，何处觅知音？青衫湿！

【注释】

①容：景色。

②四面歌残终破楚：化用四面楚歌的典故，形容中国四面受敌，被列强侵略的危急局势。

③八年：指秋瑾嫁给湖南人王廷钧八年时间了。

④浙：浙江绍兴，秋瑾的家乡。

⑤侬：我。

⑥蛾眉：女子秀美的眉毛，代指女儿身。

⑦殊：很，十分。

⑧俗子：平庸的人。

【创作背景】

1896 年，秋瑾奉父母之命嫁给了王廷钧。1900 年，因王廷钧纳资为户部主事，秋瑾也随夫入京，并在京城小住。期间，秋瑾亲身经历了八国联军侵华事件，为避乱回到荷叶镇。八国联军的野蛮残暴和清政府的腐败无能，加上自己生活上的种种困境，让秋瑾非常痛心迷茫，于是写下了这首诗。诗歌的大意是自己住在京城，碰上中秋佳节，看到篱笆下遍地盛开的黄花，秋天的景色如同洗过一样。中国四面受敌，情况危急，结婚八年每天都思念家乡的风味。家人们都想我做一个秀美的妇人，可惜我非常不屑。这辈子我虽不是男子，可是我的心却比男子更加刚烈。想想我这一生总是因为别人而心热，那些心胸狭小的俗人，怎能理解我呢？英雄在绝望的境地免不了要遭受磨难。在茫茫的红尘中，何处才能找到我的知音？想着想着，衣襟被眼泪打湿了。这首诗表达了诗人巾帼不让须眉的豪情和深深的爱国情怀，正是千千万万个如秋瑾般的女子，撑起了中国革命的半边天，推动了反帝反封建的革命斗争。

瞿秋白（6首）

【作者简介】

瞿秋白（1899—1935），字秋白，本名双，后改名为爽、霜，出生于江苏常州。中国共产党早期主要领导人，伟大的马克思主义者，杰出的无产阶级宣传家、理论家和革命家。1935年被国民党抓捕，敌人知道他的身份之后采取多种手段对他进行威逼利诱，但瞿秋白坚贞不渝、不为所动。同年6月18日，瞿秋白英勇就义，年仅36岁，主要著作有《瞿秋白文集》。

赤潮① 曲

赤潮澎湃，
晓霞②飞涌，
惊醒了
五千余年的沉梦。

远东古国，
四万万同胞，
同声歌颂
神圣的劳动。

猛攻，猛攻，

捶碎这帝国主义万恶丛！

奋勇，奋勇，

解放我殖民世界之劳工，

无论黑、白、黄，无复奴隶种！

从今后，福音③遍天下，

文明只待共产大同。

看！

光华万丈涌。

【注释】

①赤潮：红色的浪潮，指的是苏维埃革命。瞿秋白曾经在《莫斯科的赤潮》一文中写道"十月革命正是赤潮时期"。

②晓霞：黎明时刻的红霞。比喻革命事业具有无限的生机和活力。瞿秋白曾经写过一篇关于晓霞的文章，赞扬了革命事业前途无量、充满生机和活力。

③福音：好消息。这是基督教里的名词，作者用这个词语是告诉全世界的人们，革命即将成功，会给所有人带来幸福。

【创作背景】

1923 年春天，瞿秋白离开莫斯科，返回北京。他远赴苏联的身份有两个，一是作为上海有名的《时事新报》的记者，一是作为北京《晨报》的记者。在苏联的那段时间里，瞿秋白真切地体会到了无产阶级蓬勃的革命活力和翻天覆地的变化。瞿秋白还仔细学习了许多马克思列宁主义的文献和著作，回国时，他已然是一位满怀崇高理想和革命激情的共产主义倡导者了。他暂时借住在北京的亲戚家里，没过多久，他就开始着手翻译俄文的《国际歌》，并在同一时间写出了这首热血的《赤潮曲》。这首诗于 1923 年发表在《新青年》上，表达了瞿秋白对革命的乐观信念，不仅描绘了国内革命的感人画面，而且还放眼国际，期待世界上的所有人摆脱帝国主义，实现共产主义。

江南第一燕

万郊怒绿斗寒潮①，检点②新泥筑旧巢。

我是江南第一燕，为衔春色上云梢③。

【注释】

①寒潮：寒冷的潮水。喻指黑恶的反动势力。

②检点：查看是不是符合要求、标准。

③云梢：又叫云旆，是一种带有云彩图案的旌旗。

【创作背景】

这首诗写于 1924 年 1 月，是作者寄给新婚妻子王剑虹的书信中附着的一首诗，瞿秋白在诗中托物言志，把自己比作"斗寒潮"的燕子，飞向飘扬在云端的旌旗之间，表达了自己不畏革命道路上的艰辛和危难，誓要挽救祖国的雄心壮志，同时鼓励妻子在革命浪潮中奋勇争先，争当"第一燕"。

满洲的"毁灭"

要有满洲①的"毁灭"！

毁灭的可并不是满洲，

而是一切种种的猎人②，

一切种种的猎狗③！

只要看看中国这片土地上，

已经有过这里那里的毁灭，

可是"莱奋生"④旗帜的飘荡，

正在开展着全中国的"毁灭"。

夺尽指挥刀，掉转机关枪，

冲锋罢，看究竟是谁的毁灭⑤！

【注释】

①满洲：日本帝国主义侵占东北三省之后建立了"伪满洲国"傀儡政权。

②种种的猎人：指帝国主义。

③种种的猎狗：指为帝国主义服务的国民党反动派。

④莱奋生：苏联杰出作家法捷耶夫有名的作品《毁灭》中的男主角，是远东红军游击队的负责人，在艰苦卓绝的环境中不屈不挠地坚持斗争。

⑤看究竟是谁的毁灭：指工农红军正开展全国范围的反国民党的英勇斗争，蒋介石建立的反革命政权必定被人民摧毁、推翻。

【创造背景】

这首诗写于"九一八"事变之后。作者在诗中用"猎人"代指侵占我国东北三省的日本帝国主义，用"猎狗"代指给帝国主义当"狗腿子"的国民党反动派，突出了作者内心的愤慨之情。作者对中国土地沦为殖民地非常痛惜，他坚信工农红军一定可以取得抗击国民党反动派战争的胜利，一定可以把帝国主义驱逐出中国，体现了作者坚定的信念和反抗帝国主义势力的决心。

东洋人出兵

——乱来腔

日本出兵满洲，国民党的政府军队的长官却赶紧逃命，叫做什么无抵抗。国民党原本是地主①、买办②、官僚资本家③的党，他们宁可把国家送给日本帝国主义，送给美国帝国主义，送给国际联盟的帝国主义，他们决不能救国的。我们千万不能够再让中国放在国民党手里，放在这个地主、买办、官僚资本家的党手里。因此，在下编了一首歌，叫做《东洋人出兵》，说说这里面的道理。这首歌的调头是没有什么一定的，大家随口可以唱，所以叫做乱来腔。谁要唱曲子唱得好，请他编上谱子好了，欢迎大家翻印。欢迎大家来唱。欢迎大家来念。一人传百，百人传千。提醒几万万人的精神，齐心起来救国。底下写着上海话和北方话两种歌词，大家请便。

（上海话，略）

（北方话）

一

说起出兵满洲的东洋人④，

先要问一问原因才成。

只因为一班卖国的中国人，

狼心狗肺是生成，

天天晚晚吃穷人，

吃得个头昏眼花发热昏。

有了刀，杀工人，

有了枪，打农民，

等到日本出兵占了东三省⑤，

乌龟头就缩缩进，

总司令在叫退兵，

国民党在叫镇静，

可是难为了咱们小百姓，

真是把我们四万万人送人情。

二

千刀万剐的国民党不是人，

打来打去只打小百姓，

就是为着抢吃人，

帝国主义里头抢不清，

先叫国民党呀来帮衬，

帮忙帮得不称心，

日本自己来出兵，
蒋介石走狗要做不成。

三

还要问一问国民党竟是什么人，
原来是大资本家地主的假名称，
他们都是奴才性。
卖国卖民要卖得干干净。
只怕碰着工农兵⑥，
外国的中国的大人先生都惊心，
国民党就赌咒发誓去打红军，
哪知道打了半年打不胜，
帝国主义说我对你不相信，
要想亲手来打中国的工农兵，
这也是东洋军阀出兵的大原因。

四

帝国主义是外国人，
外国人里头也有好人，
这些好人是工人，
还有农民跟穷人。
只有资本家才是坏人，
他们是帝国主义成了精。
讲到俄国的工农兵，

十四年前大革命，

他们的地主资本家已经打干净，

各国的工人跟穷人，

俄国苏联的工农兵，

这些人才能够帮助我们的穷人。

五

大家要是不相信，

请看什么是国际联盟。

意大利，西班牙，德国人，法国人，英国人，

帝国主义呀一大群，

听见日本占了东三省，

谈谈讲讲讲不清，

讲到够了来这么一封信，

反而叫咱们中国也要撤兵，

真是帝国主义世界有理讲不清；

其实国际联盟还是帮的日本人。

六

还有什么美国人，

一样的货色一样的人，

口口声声中日双方别动兵，

日本早就杀进东三省，

还叫中日不要动刀兵，

这么真正是送老命。

这些帝国主义没良心，

趁火打劫是说不定。

七

日本人已经在那里大杀人。

英美德法趁火打劫也说不定，

他们自个儿里头虽然抢不清。

可是谁也保不定，

为来为去总要为着打平中国的工农兵，

也许还想趁此去打俄国的大革命。

说起咱们自己的中国人，

国民党呢，因此在那儿很定心，

他心上只说不要紧，

国际联盟会调停，

美国人也一定来帮衬，

就算瓜分，国民党还想得一份。

八

说来说去还是难为了穷人，

有钱人跟有钱人，

打伙打得挺挺紧，

实在没法也好逃命，

纽约伦敦跟东京。

外国银行多得很，

成千成万拿去存，

官僚军阀有的是金银。

一仗不打就会逃得个干干净，

反正死只死咱们小百姓。

九

哎呀哎呀没性命，

这个样子怎么行？

要想法子还得自己人。

就是咱们工农兵，

还有普通的贫民，

自己起来救自己的命。

十

咱们工人团体最要紧，

罢工没有工会就罢不成。

工会也要自己人，

不要国民党包探⑦那摩温⑧。

罢工起来打倒日本人。

现在准备枪炮要赶紧，

快快联络兵士弟兄们，

革命起来咱们是首领，

首先自己要团结得紧。

十一

说到农民真伤心，
大水淹了十七省，
还要交租纳税养闲人，
地主官僚就是闲人精。
大家起来快革命，
一钱别交最要紧。
不管他是英美日本中国人，
只要是地主就请他滚，
中外军阀要派兵，
咱们就请工人来练红军。

十二

说起兵士更伤心，
天天只替别人去送命，
请看现在东三省，
军官逃得干干净，
兵士可给日本杀掉几千人。
军阀扣住军饷发不清，
还要叫人家去打红军，
简直是要我们去杀亲人，
其实兵士手里枪炮多得很，
干吗受着苦处不做声，

赶紧掉过枪来打司令，
别让国民党去送给外国人，
掉过枪来把军阀杀干净，
自己组织红军去打日本人。

十三

现在除出一班卖国的中国人，
大家都要起来大革命，
问你是不是好好的人，
做奴隶是不是甘心，
劝你反对国民党，还要趁早申明，
不要等到人家卖掉国，
那时候逃命也逃不成，
因为国民党等于私通日本人，
走狗做得成了精，
花言巧语会骗人，
现在戳穿西洋镜，
大家起来要他们的命。

十四

蒋介石是个牛皮精，
他说三年废约一定废得成，
还说废不成尽管要他的命，
现在三年过了是个什么情形，

原来废约废到了送掉东三省，
咱们就要起来要他的命，
还有什么何应钦、王正廷、汪精卫、胡汉民，
一股脑儿请他们滚。

十五

全中国的工农兵，
大家起来大革命，
革命才能打退日本人，
国民党叫咱们镇静是送命。
请问哪一个肯送命，
国民党的话就请他去听。
不止蒋王何汪几个人，
地主大资本家都是祸根，
咱们穷人起来练大兵，
打倒国民党救自己的命。
怎么才能救自己的命？
大家选出代表工农兵，
起来管理中国的事情，
自己组织起来做红军，
联合世界上的工农兵，
保护苏联的大革命，
叫醒日本的工农跟日本的兵，

打退日本的军阀跟有钱的人。

全中国的工农兵，大家起来大革命，

革命才能打退日本人，

国民党叫咱们镇静是要送咱们的命。

（末节可以循环着念）

【注释】

①地主：指家庭中拥有大量土地，但是他的家庭成员却不参加劳动，而是雇佣农工为他们劳动的人。

②买办：指帮助西方与中国进行相互贸易的商人。

③官僚资本家：主要指蒋、宋、孔、陈四大家族，他们利用政权掌握国家财政，形成了相当规模的官僚主义。

④东洋人：指日本人。因为日本在中国东面的一个小岛上，因此日本人被称为东洋人。

⑤东三省：指吉林省、黑龙江省、辽宁省。

⑥工农兵：工人、农民和士兵的合称。

⑦包探：即侦探。

⑧那摩温：即第一号，指工头，是专门服务帝国主义和资本家的走狗。

【创作背景】

1931 年春天，瞿秋白因生病在上海休养，但时刻不忘翻译事业和文艺创作。"九一八"事变爆发之后，全国人民无比愤慨，纷纷举起抗日大旗。瞿秋白对国家局势甚是担忧，于是奋笔疾书，写下了这首《东洋人出兵》，揭露了日本帝国主义侵略中国的罪行，鼓舞全国人民团结起来，抵御日本的侵略。这首诗读起来朗朗上口，内容通俗易懂，瞿秋白还特意把歌词分成了北方话和上海话两个部分，并鼓励大家随口唱出来，因此这首诗在人群之中快速传播开来，激励中国人民齐心协力奋起救国。没过多久，这首诗就被印成了单行本，在南京、上海等城市发放，甚至还发放到了偏远的农村地区，影响非常大。

无 题

近读《申报》"自由谈"，见有人说真正快乐的情死却是《金瓶梅》里的西门庆。此外尚有冷摊负手对残书之类的情调，实在"可敬"。欧化白话文艺占领"自由谈"。正像国民革命军进北京城，欲知后事如何，只要看前面分解可也。因此打油一首。

不向刀丛^①向舞楼^②，摩登风气^③遍神州，

旧书摊畔新名士，正为西门^④说自由。

【注释】

①不向刀丛：指不去和国民党反动派、日本帝国主义架在我们中国人头颅上的屠刀而斗争。

②舞楼：风月、奢靡的场所。

③摩登风气：追求一种时尚的、时髦的风气。

④西门：即西门庆，《水浒传》中的人物，是一个不知廉耻的恶霸，这里指宣扬西门庆般荒淫无度的生活来诱惑年轻人。

【创作背景】

1932年12月，瞿秋白一共写了两首诗，落款魏凝，写好之后

寄给了鲁迅，这首《无题》就是其中的一首。在诗中他描述了当时的社会，奢靡、享乐、情爱之风盛行，反动势力想要通过低俗文化来诱导青年人腐化、堕落，不辨是非，不关心政事。作者在诗的开头运用了讽刺的手法，揭露了反动势力的险恶用心，提醒青年人士千万不要中了敌人的阴谋诡计，要做一个关心国家前途，敢于直面现实，为中国的未来而勇于奋斗的有为青年。

王道诗话

"人权论"是从鹦鹉开头的。据说古时候有一只高飞远走的鹦哥儿，偶然又经过自己的山林，看见那里大火，它就用翅膀蘸着些水洒在这山上；人家说它那一点水怎么救得熄这样的大火，它说："我总算在这里住过的，现在不得不尽点心。"（事出《栎园书影》，见胡适《人权论集》①序所引）。鹦鹉会救火，人权可以粉饰一下反动的统治。这是不会没有报酬的。胡博士到长沙去讲演一次，何将军②就送了五千元程仪③。价钱不算小。这大概就叫做"实验主义"。

但是，这火怎么救，在"人权论"时期（1929 年—1930 年），还不十分明白。五千元一次的零卖价格做出来之后，就不同了。

最近（今年 2 月 21 日）《字林西报》登载胡博士的谈话说：

任何一个政府都应当有保护自己而镇压那些危害自己的运动的权利，固然，政治犯也和其他罪犯一样，应当得着法律的保障和合法的审判……

这就清楚得多了！这不是在说"政府权"了吗？自然，博士的头脑并不简单，他不至于只说"一只手拿着宝剑，一只手拿着经典"，如什么主义之类。他是说，还应当拿着法律。

　　中国的帮忙文人，总有这一套祖传秘诀，说什么王道仁政。你看孟夫子多么幽默，他教你离得杀猪地方远远的，嘴里吃得着肉，心里还保持着不忍人之心，又有了仁义道德的名目。不但骗人，还骗了自己，真所谓心安理得，实惠无穷。诗曰：

　　　　文化班头博士衔，人权抛却说王权，
　　　　朝廷自古多屠戮，此理④今凭实验传。

　　　　人权王道两翻新，为感君恩奏圣明，
　　　　虐政何妨援律例，杀人如草不闻声。

　　　　先生熟读圣贤书，君子由来道不孤，
　　　　千古同心有孟轲⑤，也教肉食远庖厨。

　　　　能言鹦鹉毒于蛇，滴水微功漫自夸，
　　　　好向侯门⑥卖廉耻，五千一掷未为奢。

1933 年 3 月 5 日

【注释】

　　①《人权论集》：胡适等人撰写的论文集，于 1930 年出版。在书中，被称为"新月派"的反动文人表面上对国民党掌控的反动统治摆出一副不满的样子，背地里又卑劣地给他们送秋波献殷勤。胡

适在这本书的开端题了一篇序，序中以鹦鹉救火的故事来表明他们的良苦用心。

②何将军：指统治湖南地区的反动军阀何键。

③程仪：旧时赠送旅行者的财物或礼物。

④此理：指胡适宣传美国的资产阶级哲学家杜威的实验主义，帮助反动统治祸害中国。

⑤孟轲：指孟子。孟子曾经对齐宣王说过，君子面对活生生的家畜，不忍心看着它们死去，听到它们的声音之后就不忍心吃它们的肉了，因此君子应该远离庖厨之地。这里揭露了反动文人的虚伪。

⑥侯门：这里指国民党反动统治者。

【创作背景】

这篇文章写于 1933 年的上海，文章中的部分内容是按照鲁迅的意见修改完成的。鲁迅曾经对这篇文章中的字句做了一些修改，誊抄之后在《申报·自由谈》等期刊上发表，并署上了自己的姓名，之后瞿秋白和鲁迅分别把这篇文章收录到了自己的文集里。在序中作者采用了隐喻的手法，借用鹦鹉救火的典故，揭露了胡适等人借着谈人权的名义，宣传美国反动的资产阶级哲学家的理论，做国民党反动派的帮凶。

任锐（2 首）

【作者简介】

任锐（1891—1949），原名任纬坤，曾化名张芸，河南新蔡人，1910 年加入中国同盟会，参与反清活动，1913 年与孙炳文成婚，后在丈夫的介绍下于 1925 年加入中国共产党。1927 年孙炳文遇害后，任锐四处流离，1938 年经朱德介绍来到延安，先后在马列主义学院和抗日军政大学学习。丈夫死后，任锐独自一人抚养着革命遗孤，在白色恐怖之下度过 11 年的艰苦生活。1949 年，任锐在天津病逝，后被追认为烈士。

重庆赴延安途中口占寄儿

儿父 ① 临刑曾大呼："我今就义 ② 亦从容"。
寄语天涯小儿女 ③，莫将血恨付秋风 ④。

【注释】

①儿父：儿子的父亲，也就是作者的丈夫。

②就义：为了正义的事业而被敌人残忍杀害。

③小儿女：这里泛指人民的儿女。

④付秋风：指不要让秋风刮走仇恨，要牢记在心里。

【创作背景】

这首诗是任锐在从重庆到延安的路上写的，主要是写给自己的儿女的，同时也是写给所有的中国儿女的一首寄语诗。在革命战争年代，中国处于水深火热之中，老百姓的日子过得很艰辛。任锐通过这首诗告诉中华儿女，上一辈的革命者为了革命事业从容牺牲，作为儿女，我们不应该忘记这些血恨，而应该继承上一辈的遗志，继续奋斗。

送儿上前线

送儿上前线，气壮情亦怆①。

五龄父罹难②，家贫缺衣粮。

十四入行伍，母心常凄伤。

烽火遍华夏，音信两渺茫。

昔别儿尚幼，犹着童子装③；

今日儿归来，长成父模样。

相见泪沾襟④，往事安能忘？

父志儿能继，辞母上前方。

【注释】

①怆：悲伤、凄凉。

②罹难：遭遇不幸而死亡。

③童子装：小孩子的衣服。

④泪沾襟：眼泪打湿了衣衫。

【创作背景】

丈夫孙炳文牺牲后，任锐一人抚养着5个子女，这5个子女全都继承了父母的志向，投身到革命之中，为党的事业做出了贡献。由于世事动乱，任锐很长时间和子女都见不到面，但是她对子女的教育非常严格。她把两个儿子都送到了前线去革命，并积极鼓励儿子要奋勇杀敌，为祖国和革命牺牲一切，这首诗就是她写来鼓励小儿子上战场杀敌的。

柔石（2首）

【作者简介】

柔石（1901—1931），本名赵平复，出生于浙江宁海，中共党员、作家、翻译家、革命家，著作有《柔石选集》。柔石于1928年来到上海，参加革命文学活动，曾经担任《语丝》的编辑，和鲁迅一起创办了"朝花社"。1930年，中国左翼作家联盟成立，柔石担任编辑部主任、执行委员。1931年，柔石在上海被逮捕，同年2月遇害，当时一起遇害的还有殷夫等23个同志。鲁迅曾经写了一篇名为《为了忘却的记念》的文章，来悼念这些遇难的同志。

战！

尘沙驱散了天上的风云，

尘沙埋没了人间的花草；

太阳呀，呜咽在灰黯的山头，

孩子呀，向着古洞深林中奔跑！

陌巷与街衢 ①，

遍是高冠大面者 ② 的蹄迹，

肃杀严刻的兵威，

利于③ 三冬刺骨的飞雪！

真的男儿呀，醒来罢，
炸弹！手枪！
匕首！毒箭！
古今武器，罗列在面前，
天上的恶魔与神兵，
也齐来助人类战，
战！

火花如流电，
血泛如洪泉，
骨堆成了山，
肉腐成肥田。
未来子孙们的福荫④ 之宅，
就筑在明月所清照的湖边。

呵！战！
剜心也不变！
砍首也不变！
只愿锦绣的山河，
还我锦绣的面！
呵！战！

努力冲锋，

战！

1925 年 7 月 8 日夜

【注释】

①街衢：通衢大道。

②高冠大面者：指有权有势的统治者。

③利于：超过，高于。

④福荫：福气能够笼罩到的地方。

【创作背景】

这首诗创作于 1925 年，那个时候的中国，军阀混战，局势动荡。柔石对此非常愤慨，诗里采用了象征的手法，来抨击现实的黑暗。太阳昏暗，沙尘漫天，孩子们逃往深林古洞。有权有势的统治者在街市上巡行，杀人不眨眼的军队让人恐惧，尸骨成山、血流如泉，而这些军阀并不把子孙后代的出路当回事。作者用了多个"战"字，表达了对混乱局势的斥责和愤怒，呼吁人民团结起来反抗黑暗的统治。

血在沸
——纪念一个在南京被杀的小同志的死

血在沸，

心在烧，

在这恐怖的夜里，

他死了！

他死了！

在这白色恐怖的夜里——

我们的小同志。

枪杀的，

子弹丢进他的胸膛，

躺下了——小小的身子。

草地上，

流着一片鲜红的血！

国民党，

魔脸的刽子手①。

狼的心，

狐狸的尾巴，

狗的鼻；

嗅到他了，

咬去他了，

吞下他了！

血在沸！

心在烧!
地球在震动!
火山在爆发!

帝国主义呀,
记住你们的末日
大风在飞沙,
猛浪在卷石。
从工厂的烟囱里喷出火,
在犁锄上,土地溅出了血!
一切,你们的一切,
都在崩溃了。
都在收场了!

金钱,淫威,压迫,剥削,
还给他们吧!
大炮,飞机,毒瓦斯②,电网,
你们快些布置吧!

这是最后的一幕,
在人类斗争的历史上。
血腥的历史,
枪和炮的历史,

地球震撼着的历史呀！

我们的小同志，
十六岁的人类底兄弟，
就牺牲在这一幕的历史上了！
——切断！号哭！恸心③！
子弹穿过他的脑袋。
伴着他有五人，
排成一列的；
伴着他有五百人，
排成一队的；
伴着他有无数万人，
全世界无产阶级的队伍！
奋斗的队伍呀，
敢死的队伍！

血在沸，
心在烧，
我们小同志有铁的筋肉，
——如火的眼睛。
子弹向它们飞进去了！
他做了打靶者④的靶子。
瞄准的黑点，

他被残杀而死了!

"起来!
饥寒交迫的奴隶!"
全国的工农劳苦群众呀! 一齐起来,
解放我们自己!

黄河的红水冲上两岸了,
苏维埃的旗帜。
在全国的山岭上飞!
伟大的革命,
伟大的斗争,
我们的小同志,
少年先锋队的队长,
就死在这里面了!

疯狂的夜,
白色恐怖的夜。
处处有狼的心,
狐狸的尾巴,
狗的鼻!

群山号叫了!

统治阶级，

你们的末日，

白衣，

白棺，

快些预备吧！

你们的坟墓，

工农群众，

早已亲手给你们掘好了！

挽歌被唱着：

"我们有锄，

我们有斧，

我们有热血，

我们有赤心！"

疯狂的夜，

白色恐怖的夜。

鼾卧的人们是——

豪绅，

买办，

资产阶级。

你们从此没有天明，

你们从此不能见晨星，

——"微笑你们自己底罢,

黑暗! 在临死的时候! "

我们的小兄弟,

可敬可佩的 C.Y.⑤ 同志!

枪杀的,

你微笑而死去!

这是使命,

这是真理!

黑夜,

狂风,

迅雷,

暴雨,

——看, 斗争的末日!

冲向前!

同志们!

我们要为死者复仇,

要为生者争得迅速的胜利!

血在沸,

心在烧。

我们十六岁的少年同志被残杀,

在这白色恐怖的夜里！

1930 年 10 月 23 日阴森的夜

【注释】

①刽子手：指古时候以执行死刑为职业的人。这里比喻残害人民、镇压人民的国民党统治者。

②毒瓦斯：在战争中使用的一种有毒的气体。

③恸心：内心极度悲伤。

④打靶者：对目标进行射击的人。这里指残杀小同志的人。

⑤C.Y.："共青团"的英文缩写。

【创作背景】

一个小同志在南京被杀害，激起了人民群众的愤怒。无论是国民党、帝国主义、豪绅、买办、资产阶级，都逃不了这罪责。作者在诗歌里把这些历史的罪人比作狼、狐狸、狗，揭露了他们的丑恶嘴脸和数不清的罪行。表达愤懑的同时，作者也呼吁工农群众团结起来，高举苏维埃的旗帜，打倒阻碍历史发展的反动分子。作者用高昂的、激励人心的诗句鼓舞穷苦的人们英勇战斗，为死去的同胞复仇，为生者争取光明的未来。

阮啸仙（1 首）

【作者简介】

阮啸仙（1897—1935），原名熙朝，出生于广东河源，中国共产党早期党员之一，广东青年运动的先驱。1919 年五四运动爆发之后，阮啸仙和一些进步学生一起组织成立了广东学生联合会，开展爱国运动。1921 年，阮啸仙加入中国共产党。大革命期间，他进入农民运动讲习所担任教员一职，培养了大批农民运动进步人才。阮啸仙曾经担任中央审计委员会主任、临时中央政府执行委员、广东省委农委书记等职务。1935 年，阮啸仙在战斗中不幸牺牲，年仅 38 岁。

歌　谣

锄头不拿起，世人皆饿死。

拿起锄头①来，打死狗地主②！

【注释】

①锄头：农用器具。这里比喻农民武装力量。

②狗地主：这是对剥削农民的地主阶级的咒骂。

【创作背景】

1924 年 10 月，广东省花县（今广州花都区）农民协会和二区农民协会同时成立，阮啸仙作为省农民协会的代表，亲临现场进行指导。他在会上用这首诗歌来鼓励农民进行斗争。诗中一针见血地揭露了地主和农民之间的深刻矛盾，如果农民不反抗，就会被饿死，只有拿起锄头来反抗，把农民武装组织起来，打倒地主才能活下来。这首诗虽然短小，但感染力非常强，极大地激发了农民的斗志，启发农民阶级站起来同豪绅、地主做斗争。

宋教仁（1首）

【作者简介】

宋教仁（1882—1913），字得尊，号遁初，湖南省常德市桃源县人，中国近代革命先驱，"中国宪政之父"。1901年，宋教仁中秀才。1902年，他以第一名成绩被美国圣公会文华书院（今华中师范大学）录取。在校期间，与吴禄贞等仁人志士结交，积极参加革命活动。1904年，与黄兴、陈天华、章士钊、刘揆一等创立华兴会，同年前往日本学习西方政治。1905年，在日本协助孙中山成立中国同盟会，入会后担任司法部检事长。1911年10月10日，武昌爆发起义，宋教仁和黄兴同赴武昌，参与革命政府法律工作。1912年1月1日，中华民国成立，宋教仁担任法制院院长，起草了宪法草案《中华民国临时政府组织法》，国民党成立后当选为理事。1913年3月20日，宋教仁因提议成立制约袁世凯的"内阁制"，在上海火车站被袁世凯派人暗杀，因受伤过重，3月22日不治身亡，年仅31岁。

晚泊梁子湖

日落浦^①风急，天低野树昏。
孤舟依浅渚^②，秋月照征人^③。
家国嗟何在，乾坤渺一身。
夜阑不成寐^④，抚剑独怆神。

注释

①浦：水边。

②渚：水中小块陆地。

③征人：指远行的人。

④寐：睡着。

【创作背景】

1912年，袁世凯就任中华民国临时大总统，窃取了辛亥革命的胜利果实。宋教仁当时为国民党的代理理事长，为了约束袁世凯滥用职权，宋教仁准备效仿欧洲，建立内阁制度，在此期间写下了这首诗。诗中写作者从家乡探亲归来途中经过湖北梁子湖时，看到苍茫的暮色，耳畔响起阵阵疾风，凄冷的月光洒在小小的船上，对家乡的依依不舍、漂泊的孤寂之感和忧国忧民的情怀顿时在心间交织，久久不能消除，令人难以入眠。夜深了，作者抚摸着代表伟大志向的宝剑，愁思更浓，心中不由得泛起了阵阵悲凉……这首诗将一位革命领袖对祖国命运的担忧表现得淋漓尽致，具有极强的感染力。

宋绮云（1首）

【作者简介】

宋绮云（1904—1949），原名宋元培，字复真，出生于江苏邳县（今邳州市）。宋绮云于1920年进入江苏省立第六师范学校，1926年考入中央军事政治学校武汉分校，也就是第六期黄埔军校，1927年加入中国共产党。大革命失败后，宋绮云主要从事党的地下工作，先后担任中共邳县特别支部组织干事、中共邳县县委委员和书记。1928年，宋绮云和徐林侠结婚，成为革命伴侣。1929年被派往杨虎城军部，先后担任《皖南日报》和《东北文化日报》的总编辑。"九一八"事变之后，负责西北抗日的宣传工作，后来负责杨虎城部的统一战线工作，并做出了突出贡献。1941年宋琦云在陕西被捕，关押在贵州息烽集中营，后来转移到重庆的渣滓洞看守所，之后又转到白公馆。1949年，宋绮云和他的妻子、儿子在新中国成立前夕被秘密杀害于重庆。

歌一首

青山葱葱①，
绿水泱泱②，
今日之别，
敢云忧伤？

日之升矣！

其将痛饮于东山之上！！

1947 年 3 月 1 日

【注释】

①葱葱：形容草木青翠茂盛的样子。

②泱泱：形容水势宽阔浩大的样子。

【创作背景】

这首小诗是宋绮云写给朋友梅含章的，写于 1947 年梅含章出狱之际。梅含章是国民党的一位将领，因为对蒋介石的专制和独裁不满而被关押在了白公馆，和宋绮云关在一起。在宋绮云的帮助之下，梅含章为中国共产党做了很多工作。梅含章出狱的时候，宋绮云写了这首诗给他。全诗用质朴的语言，描写了青山绿水的送别情景，表达了作者对朋友的美好祝愿，以及内心深处对自由的向往和期待，最后两句体现了作者对革命必胜的决心。

孙铭武（1首）

【作者简介】

　　孙铭武（1889—1932），字述周，曾用名孙明武，出生于辽宁省抚顺市，是一位抗日名将。"九一八"事变之后，孙铭武积极参加抗日活动，为了筹措军资，他变卖家产，四处奔走，创立了辽东地区首支民众抗日武装——血盟救国军，为抗击日军做出了非常大的贡献。孙铭武曾经担任血盟救国军总司令、昌黎县警察局长。1932年，孙铭武在吉林柳河被汉奸设计杀害，年仅43岁。

血盟救国军军歌

起来，不愿当亡国奴①的人们，
用我们的血肉唤起全国民众，
我们不能坐以待毙②，
必须奋起杀敌③。
中华民族到了最危险的时候，
起来，起来，
全国人民团结一致。
战斗！战斗！
战斗！战斗！

【注释】

①亡国奴：指祖国被侵占或者已经灭亡，遭受侵略者压迫奴役的人。

②坐以待毙：坐着等待死亡，指不积极反抗侵略者。

③敌：这里指日本帝国主义。

【创作背景】

"九一八"事变发生之后，孙铭武目睹了国民党的软弱无能和日本帝国主义的各种暴行，爱国的他非常愤怒，他不甘心就这样做亡国奴，于是回到家乡后，积极联络有志青年共同抗日。在辽宁清原地区，孙铭武和爱国志士张显铭、孙铭宸等举起了抗日的大旗，组建了辽东第一支抗日民众队伍，这就是著名的血盟救国军。为了号召民众一起抗日，在起义的前一天晚上，孙铭武和大家一起创作了这首诗歌，这也是血盟救国军的军歌，用来激励战士们英勇抗日。

谭寿林（1首）

【作者简介】

　　谭寿林（1896—1931），出生于广西贵县，1924年正式成为共产党员，曾经担任中共广西梧州特委书记。1927年大革命失败后谭寿林被捕。出狱之后他回到家乡，积极组织农民开展革命。后来，他离开家乡，前往广州参加广州起义，再次被逮捕。1928年，谭寿林出狱之后来到上海，先后担任全国总工会和全国海员工会秘书长。1931年，谭寿林在上海第三次被捕入狱，同年5月在南京被国民党反动派杀害。

土地革命山歌

杨柳青青江水平，四边田野唱歌声；
唱歌不唱风流调，单唱农民受苦情。

我辈农民种田地，交租纳税已有余；
官僚地主享大福，农民生活狗不如。

地主收租吃白米①，官僚勒税吃山珍②；
官僚地主真威福，当我农民不是人。

似虎官僚逼了税，如狼地主又追租；
终年辛苦无所得，饥寒交迫向谁呼！

我辈农民想不通，做牛做马苦做工；
是否生成天注定，有吃有穿③这样穷？

种田到老穷到老，到老更穷更困难；
耕田种地挨饥饿，地主米粮叠如山④。

我明白了明白了！明白为何这样穷，
就是高租兼重税⑤，剥削一重又一重。

官僚地主虎狼凶，欺压工农理不公；
剥得工农只留骨，看他狗命几时终！

开天辟地田何来？是我农民辛苦开！
农民辛苦种田地，地主收租理不该。

千年田地谁是主？哪个田头立了碑？
只要大家合力打，铁铸江山打得正。

道理讲来真不差，铁铸江山打开花！

本应耕者有其田，因何田在富人家？！

个个明白这道理，大家努力去周旋⑥；
打倒官僚才快乐，铲除地主才安然。

人人种地有田地，有饭吃来有衣穿；
若想实现这世界，大家合力扭转天。

革命成功在眼前，群众奋斗要争先；
杀头当做风吹帽⑦，坐监也要闯上天。

如果革命胜利了，我辈主张得出头；
自己种地自己吃，谁敢逼税把租收？！

大家努力干革命，革命一定会成功；
到了那时真幸福，工农来作主人翁！

【注释】

①白米：经过加工的稻米。

②山珍：山野之中非常珍贵难得的食材。

③有吃有穿：这里是没有吃穿的意思。这里的"有"在广西方言中读"摩"，是没有的意思。

④叠如山：堆叠起来像山一样高。形容米粮非常多。

⑤高租兼重税：租金又高，税务又重。形容农民受剥削的程度重。

⑥周旋：应付，想办法解决难题。

⑦风吹帽：风把帽子吹落，意思是革命者不怕牺牲，把杀头看作是风把帽子吹落这样的小事。

【创作背景】

作者创作这首诗时，中国的土地制度非常不合理。地主和富农占据了农村大多数土地，他们对贫困农民进行剥削和压迫。人数众多的雇农、贫农和中农仅拥有少量的土地，他们常年辛苦劳作，却连温饱问题都解决不了。地主阶级除了手握大量土地对农民进行经济剥削外，还和特务、官僚相互勾结，欺辱平民百姓。作者的这首诗明确揭露了土地革命的深刻原因和历史必然性，鼓励农民站起来，反抗土豪劣绅的压迫，翻身做主人。

谭嗣同（3 首）

【作者简介】

谭嗣同（1865—1898），湖南浏阳人，中国近代著名的思想家、政治家，维新派代表人物，"戊戌六君子"之一。"戊戌六君子"指戊戌政变时，谭嗣同、杨深秀、林旭、杨锐、刘光第和康广仁六位被杀害的维新派人士。

1875 年，谭嗣同拜欧阳中鹄为师，在他的影响下萌发了爱国主义意识，后拜涂启先为师，学习中国典籍和自然科学。1895 年，中日签订《马关条约》，谭嗣同满怀忧愤，开始致力于提倡新学，呼吁通过变法救亡图存。1896 年，谭嗣同到京城，与梁启超等人结交。1897 年 1 月 17 日，谭嗣同完成维新派第一部哲学著作——《仁学》。同年 2 月，谭嗣同回到湖南，先后创办时务学堂、南学会和《湘报》，加大力度宣传变法革新理论。1898 年 6 月 11 日，光绪帝颁布《定国是诏》，准备变法，谭嗣同被征召入京，参与变法。同年 9 月底，慈禧太后发动兵变，废黜光绪帝，下令捉拿维新派。谭嗣同决心以死明志，他对劝他逃走的人说："各国变法无不从流血而成，今日中国未闻有因变法而流血者，此国之所以不昌也。有之，请自嗣同始。"1898 年 9 月 24 日，谭嗣同在浏阳会馆束手就擒，决心用自我牺牲对封建顽固势力进行最后的反抗。9 月 28 日，33 岁的谭嗣同在北京宣武门外菜市口英勇就义。

有　感

世间无物抵①春愁，合②向苍冥③一哭休④。

四万万人齐下泪，天涯何处是神州⑤！

【注释】

①抵：抵挡。

②合：该，应当。

③苍冥：苍天。

④休：停止，罢休。

⑤神州：指中国。

【创作背景】

1895 年，中日签订《马关条约》，使中华民族面临空前严重的危机。次年春季，谭嗣同看到中国被列强瓜分的悲惨现实，在阴冷的天气中，伴着淅淅沥沥的雨丝，心中涌出无尽的春愁，没有东西可以抵挡这种愁绪，只能放声痛哭一场，在苍茫的大地上，昔日的神州已破碎不堪，四万万中国人怎能不流下泪来？全诗是作者有感而发所作，寄托了诗人内心的惆怅和悲哀，展现了诗人真挚浓烈的爱国之情。

狱中题壁

望门①投止②思张俭③，忍死④须臾⑤待杜根⑥。

我自横刀^⑦向天笑，去留^⑧肝胆两昆仑^⑨。

【注释】

①望门：看到有人家。

②投止：投宿。

③张俭：东汉高平人，因为被宦官诬陷"结党"而逃亡，在逃亡过程中，百姓们不畏牵连之罪，欣然接待张俭。

④忍死：假装死亡。

⑤须臾：一会儿，指时间短。

⑥杜根：东汉定陵人，因上书请求邓太后还政于汉安帝，触怒太后被下令处死。行刑者欣赏杜根为人，不忍杀害他，用计瞒过太后，杜根因此逃过一劫。

⑦横刀：屠刀，指就义。

⑧去留：去指英勇就义，留指忍辱偷生。

⑨昆仑：一说指康有为和浏阳侠客大刀王五，一说指康有为和作者自己。

【创作背景】

1898 年 9 月底，慈禧太后发动兵变，废黜光绪帝，下令捉拿维新派，戊戌变法彻底失败。谭嗣同将重要的文件交给梁启超，让他逃去日本，说必须有人忍辱偷生，才能等待时机以图将来，也必须有人牺牲，用鲜血为变法殉道，随后谭嗣同被捕。这首诗是谭嗣同在狱中的墙壁上所写。前两句写东汉时期因被宦官诬陷"结党"而逃亡的张俭和用装死的办法逃生的杜根。张俭在逃亡过程中，投宿老百姓家中，老百姓并不害怕被牵连，欣然接纳张俭；杜根在行刑者的帮助下逃过一劫，隐藏在酒肆中，最后官复原职。谭嗣同由此联想到在外逃亡的维新人士康有为和梁启超，希望他们能够像张俭一样幸运，获得百姓的帮助，能够像杜根一样等待时机，获得变法的最后胜利。后两句诗人发表感慨，"我自横刀向天笑，去留肝胆两昆仑"，说自己面对屠刀，仰天大笑，甘愿为变法牺牲。无论牺牲还是逃亡，只要是为了变法大业的最终胜利都是值得歌颂的行为，都如同巍峨的昆仑一样浩气长存。这首诗是谭嗣同生命的绝唱，其视死如归的英雄形象跃然纸上。

兰州庄严寺①

访僧入孤寺，一径②苍苔深。

寒磬③秋花落，承尘④破纸吟。

潭光澄夕照，松翠下庭荫。

不尽⑤古时意，萧萧⑥雅满林。

【注释】

①庄严寺：原名濮阳王庙，在今甘肃省兰州市城关区。

②径：小路。

③磬：铜制的钵形响器，寺庙中拜佛时用来敲打的器具。

④承尘：古代座位顶上的帐子。

⑤尽：全。

⑥萧萧：这里指清幽的样子。

【创作背景】

1884 年，谭嗣同的父亲因担任甘肃担任布政使一职，带着家眷前往甘肃。谭嗣同到了甘肃后，非常喜欢游览兰州各地的名胜古迹，并且写下了很多游记诗文。这首《兰州庄严寺》就是谭嗣同游览旧城中心鼓楼西侧的庄严寺后创作的。诗人写了自己探访古寺僧人时的所见所闻，寺庙中的小路长满了青苔，秋花纷飞，磬声萦绕，落日的余晖洒在清澈的潭水上，庭院中的松树翠绿茂盛，形成了厚厚的绿荫，通过细腻的描写，突出了古寺的清幽静美，最后发出"不尽古时意，萧萧雅满林"的感叹，虽然这里并不完全是古代的韵味，但清幽雅致的意境却充满了林子，展现了诗人游览庄严寺时悠闲愉悦的心情。

唐克（2 首）

【作者简介】

唐克（1903—1930），原名唐绍尧，湖南零陵人，曾就读于黄埔军校，在黄埔军校期间加入中国共产党，并加入了当时的革命组织"红星社"。曾经担任北伐军第十军第四师第十二团的指导员、中国工农红军第八军军部顾问和政治学校大队长等职。1930 年的 3 月 18 日在抗击军阀的战斗中被逮捕，第二天被敌人残忍杀害，年仅 27 岁。

诗一首

室内操戈^① 南北分^②，连年战争总纷纭。

军阀自己争权利，不念国来不念群^③。

【注释】

①操戈：拿起武器。

②南北分：1917 年，徐州军阀张勋带兵北上，逼迫大总统黎元洪彻底解散国会，想拥立溥仪恢复帝制，他的企图破灭后，段祺瑞想摒弃孙中山制定的约法，依靠帝国主义组织政府，统一中国。因此，孙中山开展了护法运动，抗击段祺瑞，从此导致南北分裂，并多次发生战争。

③群：这里指人民群众。

【创作背景】

这首诗是作者上学的时候创作的，他从小思想觉悟很高，对国家大事非常关心，受到当时进步革命思想的影响，一直立志长大之后报效国家。作者借用这首诗，痛斥自私自利的军阀不关心百姓生活的苦难，一心只为自身的利益而相互争斗，表达了作者对劳苦大众的同情和对国内和平的企盼，表现了他忧国忧民的伟大情怀。

诗一首

专制①铲除建共和②，爱国男儿热血多。

齐议同登新世界，谁知室内③又操戈。

【注释】

①专制：指君主专制政体，帝王独自掌握着大权。

②共和：指民主的共和制度。

③室内：这里指中国内部。

【创作背景】

这首诗写于1923年。那时作者给他的老师唐花圃写信，表示他对当时的时局非常不满，信中说中国的时局不稳定，非常痛恨藏污纳垢的社会，军阀混战不断，共和遥遥无期，虽然爱国的男儿一直在为共和民主制度而奋斗，但是罪恶的军阀不顾国家和民众，只为一己私利而混战，作者借用这首诗抒发了自己对军阀混战的愤懑之情。

闻一多（4首）

【作者简介】

　　闻一多（1899—1946），本名闻家骅，字友三，出生于湖北浠水，学者、诗人、民主战士，曾经在武汉大学、西南联合大学、清华大学等高校任教，著作有《闻一多全集》。1945年，闻一多担任昆明《民主周刊》的社长，同时作为中国民主同盟会委员兼云南省负责人。1946年，闻一多在李公朴的悼念大会上发表《最后一次演讲》，当天下午就被国民党暗杀，他的儿子也因此受了重伤。这一事件被认为是国共内战转折的关键。

一句话

有一句话说出就是祸，

有一句话能点得着火。

别看五千年没有说破，

你猜得透火山的缄默①？

说不定是突然着了魔，

突然青天②里一个霹雳③

爆一声：

"咱们的中国！"

这话叫我今天怎么说？

你不信铁树开花也可，

那么有一句话你听着：

等火山忍不住了缄默，

不要发抖，伸舌头，顿脚④，

等到青天里一个霹雳

爆一声：

"咱们的中国！"

【注释】

①缄默：闭着嘴巴不说话，保持沉默。

②青天：蓝色的天空。

③霹雳：突然爆发的强烈雷电。比喻突然发生的轰动性大事件。

④顿脚：跺脚。

【创作背景】

这首诗是中国现代诗中的名作，创作于 1925 年或 1926 年，当时的闻一多从美国学成归来，中国正值军阀统治期间，他在诗中用充满愤懑的笔触揭露了那个时候中国现实社会的黑暗，并以"咱们的中国"为主题，表达了他对"理想之中国"的赞颂和向往，表明了他对人民群众的力量充满无限信心，体现了他深厚真挚的爱国情怀。

发 现

我来了，我喊一声，迸着血泪，

"这不是我的中华，不对，不对！"

我来了，因为我听见你叫我；

鞭①着时间的罡风②，擎一把火，

我来了，不知道是一场空喜。

我会见的是噩梦③，哪里是你？

那是恐怖，是噩梦挂着悬崖。

那不是你，那不是我的心爱！

我追问青天，逼迫八面的风，

我问，（拳头擂着大地的赤胸，）

总问不出消息；我哭着叫你，

呕④出一颗心来——在我心里！

1926 年

【注释】

①鞭：鞭打。

②罡（gāng）风：非常强烈的风。

③噩梦：恐怖的、可怕的梦。

④呕：吐出。

【创作背景】

这首诗是闻一多从美国回来之后，面对中国的黑暗现状创作的。

闻一多满腔热情地回到祖国的怀抱，却发现祖国已经不是之前的样子，充满了黑暗和战乱，像是一个恐怖的梦，他急切地想要知道这到底是怎么回事，他痛苦地追问着，却得不到一点儿回应，表达了作者对祖国现状的痛心疾首和渴望把祖国建设好的赤胆忠心。

静 夜

这灯光，这灯光漂白了的四壁；
这贤良的桌椅，朋友似的亲密；
这古书的纸香一阵阵地袭来；
要好的茶杯贞女①一般的洁白；
受哺的小儿接呷②在母亲怀里，
鼾声报道我大儿康健的消息……
这神秘的静夜，这浑圆的和平，
我喉咙里颤动着感谢的歌声。
但是歌声马上又变成了诅咒③，
静夜！我不能，不能受你的贿赂④。
谁希罕你这墙内尺方的和平！
我的世界还有更辽阔的边境。
这四墙既隔不断战争的喧嚣⑤，
你有什么方法禁止我的心跳？
最好是让这口里塞满了泥沙，
如其它只会唱着个人的休戚⑥！

最好是让这头颅给田鼠掘洞，

让这一团血肉也去喂着尸虫。

如果只是为了一杯酒，一本诗，

静夜里钟摆摇来的一片闲适，

就听不见了你们四邻的呻吟，

看不见寡妇孤儿抖颤的身影，

战壕⑦里的痉挛，疯人咬着病榻，

和各种惨剧在生活的磨子下。

幸福，我如今不能受你的私贿，

我的世界不在这尺方的墙内。

听！又是一阵炮声，死神的咆哮，

静夜！你如何能禁止我的心跳？

1927 年

【注释】

①贞女：贞洁的女子。

②呷（xiā）：小口地喝。

③诅咒：原本指向神明或鬼神祈祷降祸于讨厌的人，此处指咒骂。

④贿赂：给对方金钱等利益以谋求不正当的好处。

⑤喧嚣：喧闹，嘈乱。

⑥休戚：喜乐和忧虑。

⑦战壕：打仗的时候用的沟壕。

【创作背景】

1925 年，闻一多从美国回来之后，在北京高校任教，1926 年他回到了家乡湖北，中间又奔波于武汉、上海等地。在北京和南京任教期间，闻一多的生活相对安定，《静夜》就是在这一时期创作的。诗人虽然身处书房，但是思想境界却非常开阔，他没有享受这"静谧安稳的夜晚"，而是时刻为饱受苦难的人民和祖国而担忧。诗人描述了静夜里自身的切实感受，直抒胸臆，对劳苦大众所遭受的战争和苦难表示同情和关切。

死 水

这是一沟绝望的死水①，清风②吹不起半点漪沦③。
不如多扔些破铜烂铁，爽性泼你的剩菜残羹④。

也许铜的要绿成翡翠，铁罐上锈出几瓣桃花；
再让油腻织一层罗绮⑤，霉菌⑥给他蒸出些云霞。

让死水酵成一沟绿酒，漂满了珍珠似的白沫；
小珠们笑声变成大珠，又被偷酒的花蚊咬破。
那么一沟绝望的死水，也就夸得上几分鲜明。
如果青蛙耐不住寂寞，又算死水叫出了歌声。
这是一沟绝望的死水，这里断不是美的所在。
不如让给丑恶来开垦，看他造出个什么世界。

【注释】

①绝望的死水：这里指在军阀混战下中国腐败黑暗的现状。

②清风：这里指新鲜的、积极的力量和思想。

③漪沦（yī lún）：指微小的波纹。

④剩菜残羹（gēng）：吃剩的饭食，比喻没用处的东西。

⑤罗绮：华丽的丝绸织物。

⑥酶菌：即霉菌，指真菌。

【创作背景】

1922年，闻一多心怀报效祖国的远大志向，前往美国留学深造。在异国他乡，他作为一个中国人，遭到了歧视和凌辱，有各种心酸和无奈。1925年，闻一多提前回到了祖国的怀抱，他怀着殷切期盼和满腔的爱国热情。但是，现实中的祖国却是另外一番令人失望和痛心的景象，帝国主义欺压百姓，军阀之间战乱频发。闻一多的内心是失望的、痛苦的、极端愤怒的，《死水》就是在这样的环境下诞生的。全诗对中国黑暗腐朽的现状进行了鞭挞，体现了诗人对祖国深沉的爱。

夏明翰（9 首）

【作者简介】

夏明翰（1900—1928），字桂根，出生于湖北秭归，12 岁随父母回到湖南。五四运动时期，夏明翰是当地学生联合会的主要领导者。1920 年，夏明翰来到长沙，结识了何叔衡和毛泽东，1921 年加入中国共产党。之后，他担任中共湖南省委委员、中共湖北省委委员等职。1928 年 3 月 18 日，夏明翰在汉口被国民党反动派抓捕，3 月 20 日英勇就义，年仅 28 岁。

就义诗

砍头不要紧，只要主义真①。
杀了夏明翰，还有后来人②。

【注释】

①主义真：指坚信共产主义的真理。

②后来人：指夏明翰之后的无数革命者。

【创作背景】

这首诗是夏明翰在临刑前创作的。在行刑之前敌人问他有没有什么遗言，他让取来纸和笔，奋笔疾书，写下了这首大义凛然的《就义诗》。他在诗中表示砍头没有什么关系，因为自己的信念是正确的，即使他死了，后面还有千千万万的革命者去完成他没有完成的革命事业。这首诗感动了成千上万的人，体现了作者杀身成仁、舍生取义的高贵精神。作者借用这首诗去感召更多的人，唤醒更多的人，激励他们去完成祖国的解放事业，体现了作者忧国忧民的情怀。

童 谣

民家①黑森森，官家②一片灯。
民家锅朝天③，官家吃汤丸④。

【注释】

①民家：普通老百姓的家。

②官家：泛指统治阶层的人家。

③锅朝天：锅里空空的，没有饭吃。

④汤丸：有汤有肉丸子，比喻吃食丰盛。

【创作背景】

这首《童谣》是旧社会生活的真实写照。那个时候电灯并没有普及，只有有钱人家才用得上电灯，而穷苦人家是用不起电灯的。这暗示着老百姓的生活是黑暗的，没有光明的，而那些统治阶层却生活在灯火通明的世界里，和老百姓的生活形成鲜明的对比。那个时候老百姓吃不饱饭，而统治阶层的饭桌上却放着肉丸子。肉丸子在当时并不常见，是非常奢侈的吃食，表明了统治阶层饭食丰盛，体现了作者对穷苦大众的同情和对统治阶层的憎恨之情。

红珠（两行）

我赠红珠^①如赠心，但愿君心^②似我心。

【注释】

①红珠：红色的珠子。

②君心：这里指作者妻子的心。

【创作背景】

1927 年"四一二"政变后，整个中国笼罩在白色恐怖之中。夏明翰并没有畏惧退缩，而是展开了更加激烈的革命斗争，为此他和妻子不得不常常搬家。一天，夏明翰给妻子带回来一个礼物，是一颗红色的闪着光的珠子，并赋了这两句诗。妻子紧紧地握着这颗红珠，她深知夏明翰的良苦用心。夏明翰用红珠表达了对妻子的深情厚谊，希望她可以理解自己投身革命的选择，这首诗向人们展示了革命年代朴素感人的爱情。

咏梅（两行）

世人皆颂^①牡丹艳，我赞梅花斗雪^②开。

【注释】

①颂：赞颂，歌颂。

②斗雪：与雪斗争，不惧风雪。

【创作背景】

　　这首诗是夏明翰小时候创作的。他自小跟随母亲学习填词作诗，在诗词创作上很早受到了启蒙。一年冬天，夏明翰家的院子里开满了梅花，他的大姐便建议大家一起以梅花为题口头作诗，夏明翰当时就随口作了这两句。这首诗赞颂了梅花不惧严寒、迎雪盛开的崇高气节，也暗指自己不与世俗同流合污，要像梅花一样，做一个高风亮节的人。

过长江

洋船①水上漂，洋旗②空中飘。
洋人逞淫威③，国耻恨难消。

【注释】

①洋船：外国人的船只。

②洋旗：外国的国旗。

③淫威：滥用权威。

【创作背景】

　　这首诗是作者小时候跟着母亲从武汉去往九江的途中，乘坐外国人的轮船时创作的。当时轮船上的洋人一副趾高气扬的样子，随意呵斥中国乘客。夏明翰的母亲见到此种情景，非常气愤但又无可奈何，于是让夏明翰作一首诗，夏明翰就写下了这首《过长江》，表达了作者对外国人行为的不满和深深的耻辱感。

民 谣

张毒^①心藏刀，治湘^②一团糟。

杀人又放火，民众怨声高。

吾辈^③齐奋起，驱张胆气豪。

张毒如老鼠，夹起尾巴逃！

【注释】

①张毒：指北洋军阀张敬尧，曾任湖南省省长，欺压百姓。

②湘：指湖南。

③吾辈：我们这一辈人，也指志同道合的人。

【创作背景】

这首诗是夏明翰在 1920 年创作的。那个时候夏明翰在何叔衡的带领下，积极投身驱赶湖南省的省长、北洋军阀头目张敬尧的革命斗争之中。1920 年 6 月，张敬尧被驱逐出湖南。夏明翰非常高兴，写下了这首民谣诗。诗中叙述了张敬尧的腐败事迹，表达了湖南人民对张敬尧的愤恨，结尾体现了成功驱逐张敬尧后作者内心的振奋和欢喜之情。

江上的白云（节录）

江上的白云^①，

一层一层堆起来。

抬头望去，

简直分不清东、西、南、北。

前面的血光②快暗了，

后面的热泪又海放江奔，

一点一滴，一寸一尺，

一分一秒，一时一日，

——前进不已！

我们的先锋③，已经向前去了，

我们应该庆祝，应该悲悼！

江上的白云，把我的眼界遮住，

使我除了黑魆魆④的外，一点也不能看！

呵，我应当知道：

这是什么把我的身体，压上了千万斤

　　　的重量！

【注释】

①白云：喻指北洋军阀的反动势力。

②血光：指牺牲的革命者的鲜血。

③先锋：为革命牺牲的先行者。

④黑魆魆（xū）：非常黑暗，看不到一点儿光亮。

【创作背景】

这首诗是作者于 1922 年创作的。那个时候湖南工人运动领袖庞人铨、黄爱被北洋军阀头目赵恒惕残忍地杀害了，社会各界纷纷举办追悼会，追悼牺牲的烈士。夏明翰有感而发，写下了这首《江上的白云》。他在诗中把北洋军阀的反动势力比作白云，用血光代指牺牲生命的革命者的鲜血，表达了他对北洋军阀反动势力的愤恨之情。

诗　谜

一车只装一斤（斩），好个草包^①将军（蒋）。

两个小孩^②相助（示），又来三个大人（众）。

【注释】

①草包：没有用的东西。

②两个小孩：即二小，合起来刚好是个"示"字。

【创作背景】

这首诗是夏明翰于 1927 年创作的。那个时候夏明翰在毛泽东主持的武汉中央农民运动讲习所当秘书。有一天，讲习所里的几个学员来到他家，谈论蒋介石发动"四一二"政变，叛变革命，一个个都非常愤怒。夏明翰安慰大家，虽然革命事业现在暂时处于低潮，但是更应该保持乐观的心态，说着，他就写下了这首诗谜让学员猜，以此来鼓舞学员们的革命士气。

诗一首

越杀胆越大，杀绝^①也不怕。

不斩蒋贼^②头，何以谢天下^③！

【注释】

①杀绝：杀光，杀完。

②蒋贼：指蒋介石。

③谢天下：向天下人谢罪。

【创作背景】

这首诗是夏明翰于 1927 年创作的，当时他从武汉返回了长沙，出席了毛泽东在沈家大屋召开的会议，之后他积极帮助毛泽东组织发动秋收起义。面对敌对势力发起的血腥大屠杀，夏明翰感到非常愤慨。在一天夜里，他写下了这首诗，他坚信共产党人是杀不完的，坚信革命终有一天会取得胜利。

徐锡麟（1 首）

【作者简介】

徐锡麟（1873—1907），字伯荪，号光汉子，清朝末期著名的民主革命家，浙江绍兴府山阴东浦镇人。1901 年，在绍兴府学堂任教，后晋升为副监督。1903 年，前往日本，在东京与陶成章、龚宝铨结交，参与营救反清义士章炳麟。归国后，在绍兴创办书局，通过传播新译书报，大力宣传反清革命思想。1904 年，徐锡麟成为光复会成员。1905 年，在绍兴先后创立体育会和大通学堂。大通学堂只允许光复会成员入校，并且要求学生参加兵操训练。同年冬天，他再次赴日本准备学习陆军，受清廷驻日公使阻挠，计划未能实现，只能回国。归国后，徐锡麟打算通过打入官府内部，"藉权倾虏廷"，于是利用各方面的关系得到了安徽巡抚恩铭的重用，担任武备学堂副总办兼巡警学堂会办。1907 年 7 月 6 日，徐锡麟率领学生军起义，攻占军械所，刺杀恩铭，经过 4 小时激战最终失败，徐锡麟被捕，次日英勇就义。

出　塞

军歌应唱大刀环^①，誓灭胡奴^②出玉关^③。
只解沙场^④为国死，何须马革裹尸^⑤还。

【注释】

①环：因"环"和"还"同音，这里暗指胜利而还。

②胡奴：本义指胡人，这里指成为帝国主义奴隶的清政府。

③玉关：玉门关，遗址在甘肃省河西走廊的最西端，是西汉时期通往西域的门户，出了玉门关，就叫出塞。

④沙场：战场。

⑤马革裹尸：战死沙场，用马皮把尸体裹起来，比喻英勇作战。

【创作背景】

徐锡麟在前往安庆筹划起义之前曾对身边的革命同志说："法国革命八十年始成，其间不知流过多少热血。我国在初创的革命阶段，亦当不惜流血，以灌溉革命的花朵。我这次到安徽去，就是预备流血的，诸位切不可引以为惨，而存退缩的念头才好。"浙皖起义失败后，徐锡麟慷慨赴死。这首《出塞》是徐锡麟在1905年左右游历山海关、奉天、吉林、西北诸省边疆时所写的。诗的前两句直奔主题，说应该唱着凯旋的战歌，发誓要把清朝统治者赶到塞外，突出了诗人克敌制胜的英雄气魄；后两句化用马革裹尸的典故，指出男子汉应该为报效国家而战死沙场，表达了作者甘愿为国献身的豪情壮志。全诗沿袭了唐代边塞诗豪迈雄浑的风格，体现了徐锡麟对革命胜利的坚定信念和不怕牺牲、视死如归的革命豪情。

杨虎城（3首）

【作者简介】

杨虎城（1893—1949），著名爱国将领，出生于陕西蒲城，曾经参加过辛亥革命和护法战争。1917年，杨虎城任陕西靖国军左翼军支队司令，1935年任陕西省政府主席、西安绥靖公署主任。1936年12月12日，杨虎城和张学良共同发动"西安事变"，后来在蒋介石的逼迫之下出国。抗战爆发之后，他回到了祖国，长期被蒋介石监禁。1949年9月6日，杨虎城和他的一双儿女在重庆被军统特务残忍杀害。

诗三首

一

西北大风起，东南战血①多。
风吹铁马动，还我旧山河。

二

西北山高水又长，男儿岂能老故乡②。
黄河后浪推前浪，跳上浪头干一场。

三

大陆^③沉沉睡已久，群兽^④无忌环球走。

骨骸垒垒高太华^⑤，红潮^⑥湃澎掩牛斗^⑦。

【注释】

①战血：这里指血腥的战争。

②老故乡：在故乡老去，指虚度人生。

③大陆：这里指中国大地。

④群兽：这里指侵略中国的帝国主义。

⑤太华：指陕西境内的华山。

⑥红潮：国民革命的浪潮。

⑦牛斗：星宿名，这里用夸张的手法形容革命红潮的高涨。

【创作背景】

这三首诗是杨虎城的豪迈之作，抒发了他作为一位爱国将领在国家危难时的慷慨情怀。杨虎城是一个地地道道的西北人，1911年他参加陕西民军与清军作战，1915 年加入陕西护国军的队伍，1924 年担任陕北国民军前敌总指挥，一直在西北地区驰骋疆场。此时祖国的东南部，军阀也是连年作战，在这战火不断的岁月里，作者发出了"还我河山"的正义呐喊，同时他也激励所有中华儿女勇上战场，为祖国的生死存亡大干一场，把帝国主义群兽赶出中国。

杨靖宇（2首）

【作者简介】

杨靖宇（1905—1940），原名马尚德，字骥生，出生于湖南省确山县，抗日民族英雄，1927年加入中国共产党。"九一八"事变后，受党组织委派，前往东北开展工作，曾经担任满洲省委军委代理书记、中共哈尔滨市委书记等。1935年，杨靖宇担任东北抗日联军第一军军长兼政委，后又担任第一路军总指挥兼政委。1940年春天，杨靖宇在吉林蒙江的战斗中英勇牺牲，年仅35岁。

东北抗日联军第一路军军歌

我们是东北抗日联合军，
创造出联合军的第一路军。
乒乓的冲锋杀敌缴械①声，
那就是革命胜利的铁证。

正确的革命信条②应遵守，
官长士兵待遇都是平等。
铁般的军纪风纪要服从，
锻炼成无敌的革命铁军。

亲爱的同志们团结起，

从敌人精锐③的枪刀下，

夺回来失去的我国土，

解放亡国奴的牛马生活！

英勇的同志们前进呀！

赶走日寇推翻"满洲国"④。

这一次的民族革命战争，

要完成弱小民族的解放运动。

高悬在我们的天空中，

普照着胜利军旗的红光。

冲锋呀，我们的第一路军！

冲锋呀，我们的第一路军！

【注释】

①缴械：迫使敌人交出武器。

②信条：遵守的信仰和准则。

③精锐：指武器精良、锐利。

⑤满洲国：日本侵占我国东北地区之后建立的傀儡政权。

【创作背景】

"九一八"事变之后，东北人民始终坚持抗日斗争。1932年左右，南满一带的一支游击队伍渐渐壮大了起来。为了加强领导，满洲省委把杨靖宇调过去掌管游击队的相关事务。在杨靖宇的领导下，这支队伍逐渐发展成为东北抗日联军第一路军。杨靖宇担任这支队伍的总指挥兼政委，他为这支队伍创作了这首军歌。它是战士们的精神支柱，更是杨靖宇理想信念的真实写照。听着这首军歌，战士们就会变得意气风发，士气大增；听着这首军歌，战士们就会勇敢地在硝烟弥漫的战场上冲杀。

西征胜利歌

红旗招展，枪刀闪灿，我军向西征。
大军浩荡，人人英勇，日匪①心胆惊。
纪律严明，到处宣传，群众俱欢迎②。
创造新区，号召人民，为祖国战争。

中国红军，已到热河③，眼看到奉天④。
西征大军，夹攻日匪，赶快来会面。
日匪国内，党派讧争⑤，革命风潮展。
对美对俄，四面楚歌⑥，日匪死不远。

紧握枪刀，向前猛进，同志齐踊跃。
歼灭日匪，金田全队，我队战斗好。
摩天高岭，一场大战，惊碎敌人胆。
盔甲枪弹，胜利无算，齐奏凯歌还。

同志快来，高高举起胜利的红旗。

拼着热血，誓必打倒日本帝国主义。

铁骑纵横，满洲军队，已有十大军。

万众蜂起⑦，勇敢杀敌，祖国收复矣。

【注释】

①日匪：日本帝国主义。

②俱欢迎：都支持、拥戴。

③热河：旧时的省名，1956年撤销，并入内蒙古自治区、辽宁省和河北省。

④奉天：沈阳市旧称。

⑤讧（hòng）争：纷争、斗争。

⑥四面楚歌：比喻四面受敌。楚汉争霸时，项羽兵败退据垓下，听到汉军在四周唱着楚歌，知道自己大势已去。

⑦蜂起：像蜜蜂一样聚到一起，比喻人非常多。

【创作背景】

红军东征后，杨靖宇带领自己的部队开始了西征。东北抗日联军的两次西征，是抗日历史上的一大壮举。1936年，东北抗日联军取得了摩天岭战斗的胜利，为了纪念这次胜利，杨靖宇创作了这首《西征胜利歌》。

这首诗歌真实地记录了第一军战士们的战斗生活，起到了鼓舞士气、宣传抗日和坚定革命信念的作用。

叶挺（1首）

【作者简介】

叶挺（1896—1946），字希夷，著名军事家、政治家，出生于广东惠阳。1924 年前往莫斯科学习，同年转入中国共产党，1925年返回中国。在第一次国民革命战争时期，担任国民革命军十一军军长、二十四师师长、独立团团长，1927 年积极参加南昌起义、广州起义，抗日战争期间担任新四军军长。1941 年，在皖南事变中叶挺被国民党反动派逮捕，1946 年 3 月获释，同年 4 月 8 日在从重庆飞往延安的途中，因飞机坠毁遇难。

囚　歌

为人进出的门紧锁着，
为狗爬出的洞敞开着，
一个声音高叫着：
——爬出来吧，给你自由①！

我渴望自由，
但我深深地知道——
人的身躯怎能从狗洞子里爬出！

我希望有一天地下的烈火，

将我连这活棺材^②一齐烧掉，

我应该在烈火与热血中得到永生！

【注释】

①自由：这里指释放出狱。

②活棺材：这里指关押叶挺的监狱。

【创作背景】

这首诗是作者写在监狱墙上的。那个时候的叶挺被国民党反动派关押起来，叶挺是新四军的军长，功勋卓越，他怎么会用自己的尊严来换取所谓的自由呢？这首诗气势恢宏，蔑视趾高气扬的敌人，俯视无耻的反动派，最后对他们进行最有力的反击，即使牺牲也不会委曲求全，丢失尊严，体现了对敌人的不屑一顾和不惧生死的英雄气概。

郁达夫（4首）

【作者简介】

郁达夫（1896—1945），字达夫，曾用名郁文，小名阿凤，出生于浙江富阳，著名文学家、革命烈士。郁达夫是为了抗击日本帝国主义而牺牲的爱国作家，他领导创建了新文学团体"创造社"。郁达夫一边开展文学创作，一边积极投身抗日，在福州、武汉、上海等地积极从事抗日宣传活动。抗日战争期间，他在南洋群岛、香港等地开展抗日宣传。新加坡沦陷后，他流亡到了苏门答腊，1945年被日本宪兵在丛林中残忍杀害。他的代表作品有《迟桂花》《过去》《春风沉醉的晚上》《故都的秋》《沉沦》《怀鲁迅》等。

无 题

一

草木风声势未安①，孤舟惶恐②再经滩。

地名末旦埋踪易③，楫指中流转道难④。

天意似将颁大任，微躯何厌忍饥寒？

长歌正气重来读，我比前贤⑤路已宽。

二

赘秦⑥原不为身谋，揽辔⑦犹思定十州。

谁信风流张敞笔⑧，曾鸣悲愤谢翱⑨楼。

弯弓有待山南虎⑩，拔剑宁惭带上钩⑪。

何日西施随范蠡，五湖烟水洗恩仇⑫。

1943 年秋于苏门答腊

【注释】

①势未安：天下大势不得安稳。

②惶恐：恐慌、害怕。

③埋踪易：隐藏自己的行踪很容易。

④转道难：这里指回国继续参加抗日斗争比较困难。

⑤前贤：贤德的前辈。这里指民族英雄文天祥。

⑥赘（zhuì）秦：有个秦国人家里很穷，于是就到女方家里去做上门婿。这里指郁达夫在苏门答腊隐姓埋名，做了别人的女婿。

⑦揽辔（pèi）：后汉范滂上马车的时候拉马缰绳，表示立下澄清天下的志向。这里指郁达夫还想回到祖国抗日立功。

⑧风流张敞笔：指汉朝张敞替他的妻子画眉毛的事情。

⑨谢翱：南宋谢翱听闻文天祥坚强不屈被秦桧杀害，登上西台大哭来祭奠，并创作了《西台恸哭记》。这里指作者曾以创作文学作品的笔，写出了爱国忧国的悲歌。

⑩弯弓有待山南虎：晋朝周处曾经射杀了南山上的老虎，为老百姓除害。

⑪ 拔剑宁惭带上钩：钩指吴国的宝刀。意思是剑并不比吴钩差。

⑫ 何日西施随范蠡（lǐ），五湖烟水洗恩仇：指郁达夫想要回国抗日杀敌。传说范蠡辅佐越王勾践战胜了夫差，替他报仇雪耻之后，就带着西施隐居到了五湖烟水之中。作者借用这个典故表达了自己对抗战胜利的期待。

【创作背景】

这两首诗是郁达夫在抗日战争时期真实生活的写照，抒发了他的情怀和志向。

第一首诗写日本帝国主义入侵中国后形势危急，祖国大地风声鹤唳。郁达夫在苏门答腊的末旦，这是一个非常小的地方，藏身很容易，但是想要回到祖国，继续开展抗日活动，却非常困难。上天可能是要降大任于自己，所以身体上的苦难折磨又算什么呢？重读《正气歌》，比起民族英雄文天祥的遭遇，自己现在的处境已经非常好了。这首诗表现了作者在抗日战争时期流亡海外的真实情况和内心活动。

为了掩饰身份，郁达夫曾和当地的一个姑娘假结婚，第二首诗正是他刚结婚的时候创作的，诗中表露了作者苦闷复杂的情绪和对祖国不泯的炽热情怀。作为一个爱国抗日的作家，现在他隐姓埋名、流亡他乡，不得已和外国女子假结婚，心中有万般的苦楚。想到家中的妻子和儿女，心里就更加难受了。在祖国受难的时候，他的报国之志和爱国之心盖过了个人的痛苦，他决定弯弓拔剑，放缰纵马，奋不顾身地投入到抗日战争中去。

诗一首

醉眼蒙眬^①上酒楼，彷徨呐喊^②两悠悠^③。

群盲竭尽蚍蜉^④力，不废江河万古流^⑤。

【注释】

①醉眼蒙眬：喝醉酒神志不清，眼睛蒙眬看不清楚的样子。

②彷徨（páng huáng）呐喊：《呐喊》和《彷徨》是鲁迅先生的小说集，是五四运动以后新文学史上的标志性作品。

③两悠悠：形容非常遥远，可以永远流传下去。

④蚍蜉（pí fú）：大蚂蚁。出自韩愈《调张籍》中"蚍蜉撼大树，可笑不自量"一句。

⑤不废江河万古流：引自杜甫写的《戏为六绝句》，这里是指《呐喊》和《彷徨》可以万古流传。

【创作背景】

这首诗是郁达夫为了反对别人恶意攻击鲁迅而创作的。鲁迅发表了他的两本小说集《彷徨》和《呐喊》，这两本小说集自五四运动之后在新文学史上占有非常重要的地位，可以称之为新文学的丰碑。可是这两本小说集却遭到了敌人的恶毒攻击，甚至"创造社"的朋友和同事也一度持反对的声音。在这种状况之下，郁达夫写下了这首诗，表示他对鲁迅先生的肯定和支持。

过岳坟^① 有感时事

北地小儿^② 耽逸乐^③，南朝天子爱风流^④。

权臣^⑤ 自欲成和议，金虏何尝要汴州^⑥。

屠狗^⑦ 犹拼弦上命，将军^⑧ 偏惜镜中头。

饶他关外童男女，立马吴山^⑨ 志竟酬。

1932 年 10 月 16 日杭州

【注释】

①岳坟：岳飞的坟墓，在杭州。

②小儿：指无知的统治者。

③耽逸乐：沉迷于安逸、享乐之中不务正业。

④爱风流：指统治者喜欢荒淫无度的生活。

⑤权臣：这里指南宋时期的大奸臣秦桧。

⑥汴（biàn）州：北宋时期的京城，在现在的河南省开封市。

⑦屠狗：战国时期荆轲的一个杀狗的朋友。

⑧将军：指国民党反动派的某些将领。

⑨立马吴山：吴山是杭州境内的一座山峰。关外的金朝统治者想要向南侵占杭州，曾高呼"立马吴山第一峰"，这里指的是国民党如果屈辱投降，那么日本帝国主义就要侵占中国了。

【创作背景】

这首诗是作者经过岳飞的坟墓时有感而发创作的。"九一八"事变爆发后，日本开始侵占我国东北地区，"一二八"事变爆发后，中国上海又岌岌可危。这首诗是作者有感于中国的深重灾难而创作的。第一句借用历史上贪图享乐、不务正业的统治者和大臣，揭露了国民党反动派不管是在北方，还是在南方，都沉迷享乐，不关心中国的苦难。第二句说的是奸臣秦桧一味奉承宋高宗屈辱求和的旨意，杀害了民族英雄岳飞。作者斥责蒋介石的不抵抗政策，把东北地区白白地让给了日本侵略者。第三句诗引用了战国时期荆轲的屠夫朋友和乐师朋友的故事，荆轲刺秦王失败之后，他的乐师朋友高渐离在为秦始皇演奏乐器的时候，刺杀秦始皇失败也被杀了。作者是借高渐离这样的普通人尚且为国复仇，来讽刺国民党的将领们为了性命一味退让，不肯对抗日本。第四句作者借用金朝的统治者的话，"立马吴山第一峰"，来警告国民党如果一直受屈辱不反抗，那么日本就会侵占中国。

满江红
——闽子山 ① 戚继光 ② 祠题壁用岳武穆韵

三百年来，我华夏③威风久歇。有几个如公成就，丰功伟烈。拔剑光寒倭寇④胆，拨云手指天心月。到于今，遗饼⑤纪征东，民怀切。

会稽耻，终当雪⑥。楚三户，教秦灭⑦。愿英灵永保，金瓯无缺⑧。台畔班师酣醉石，亭边思子悲啼血⑨。向长空洒泪酬千杯，蓬莱阙^⑩。

1937 年作

【注释】

①闽子山：在福州境内，上面建有纪念戚继光的祠堂。

②戚继光：明朝著名抗倭名将，民族英雄、诗人、书法家、军事家。

③华夏：古代汉族的自称，指中国。

④倭寇（wō kòu）：指日本侵略者。

⑤遗饼：民间制作的光饼，中间有一个孔，可以用绳子穿起来，挂在身上当粮食。

⑥会稽（jī）耻，终当雪：会稽是一座山的名字，位于浙江绍兴境内。越王勾践战败于吴王夫差，退到会稽山，向吴王夫差求和。后来勾践卧薪尝胆，暗中积聚力量，最终打败了吴王夫差，报仇雪耻。

⑦楚三户，教秦灭：秦国灭亡了楚国。楚国民间流传，"楚虽三户，亡秦必楚"。

⑧金瓯（ōu）无缺：金瓯是一种金属制成的小盂。古代用金瓯无缺指国土完整。这里指要收复失地，报仇雪耻。

⑨台畔班师酣醉石，亭边思子悲啼血：在戚继光祠的旁边有他得胜归来醉卧的几块石头，也有他悼念儿子的思子亭。

⑩蓬莱阙（què）：指蓬莱宫，相传是仙人居住的地方。

【创作背景】

1936 年，郁达夫在朋友的邀请之下，前往福州担任福建省参议。1937 年，抗日战争爆发，他来到明朝时期的抗倭将领戚继光的祠堂凭吊，在祠堂的墙壁上写下了这首《满江红》，歌颂了戚继光的爱国精神和抗倭事迹，表明了自己伟大的抗日志向。词的上半部分，隐含着对帝国主义侵略者的仇恨，表达了对当时统治者的无能和软弱的愤恨。词的下半部分，用"会稽耻"对比中国的华北和东北被日本侵占的耻辱，以"楚三户，教秦灭"说明中国人民永不屈服的反抗精神。在全国人民的一致抗击下，日本侵略中国的耻辱一定会得到洗刷，表达了郁达夫对抗日战争胜利的信念。这首《满江红》语言雄浑悲壮，深沉激越，以古喻今，叙史引典，表明了郁达夫对戚继光的敬佩之情，以及对中国抗日最后必将胜利的坚定信念。

袁玉冰（1首）

【作者简介】

　　袁玉冰（1899—1927），别名冰冰、孟冰，出生于江西兴国一个贫农家庭。五四运动后，袁玉冰积极组织创立"鄱阳湖社"，后来改为"江西改造社"，负责《新江西》的主编工作。他曾在莫斯科大学和北京大学学习，先后担任中共赣西特委书记、中共兴国县委书记、中共九江市委书记等职务。1927年12月13日，袁玉冰在去南昌的路上，由于叛徒告密被敌人逮捕，12月27日在下沙窝英勇就义，年仅28岁。

勖　弟①

人生难得是青春，要学汤铭日日新②。
但嘱加鞭③须趁早，莫抛岁月负双亲④。

【注释】

①勖（xù）弟：勉励自己的弟弟。

②汤铭日日新：《大学》记载，汤的浴器上刻着铭文"苟日新，日日新，又日新"，意思是每天都有进步。

③加鞭：用鞭子打马让它快走，这里比喻努力工作、学习，加快进度。

④负双亲：辜负父亲和母亲的期望。

【创作背景】

　　袁玉冰在 11 岁时就到私塾读书了，他从小发奋读书，非常要强，进步很快。青年时期，他看到社会的黑暗和祖国的落后，创立了学生自治会，积极抨击落后的封建礼教。五四运动爆发之后，他和黄道等人创立了"江西改造社"，这是江西一带首个革命团体。这首诗是作者 20 岁的时候写的，是勉励弟弟的一首诗，他告诫弟弟，青春是非常宝贵的，借用汤铭的故事，勉励他每天都要有新进步，趁着年轻奋发努力，不能虚度光阴，不能辜负了父母的殷切期望。从这首诗中我们可以看到，袁玉冰通过自己的言传身教，给弟弟树立了很好的榜样。

恽代英（4首）

【作者简介】

恽代英（1895—1931），江苏武进人，出生于湖北武昌，无产阶级革命家，早期青年运动领导人之一，黄埔军校第四期政治教官。学生时代的恽代英积极投身革命活动，是武汉地区五四运动的主要组织者，1920年成立利群书社，后来又创立共存社，主要是传播马克思主义、新文化和新思想，1921年加入中国共产党。1926年恽代英在上海大学任教，创办《中国青年》，影响和培养了许多青年。1931年，恽代英在江苏南京被敌人杀害，年仅36岁。

狱中诗

浪迹①江湖忆旧游②，故人③生死各千秋④，
已摈忧患⑤寻常事，留得豪情作楚囚⑥。

【注释】

①浪迹：指流浪、漂泊，行踪不定。

②旧游：指过去的老朋友。

③故人：指以前的革命同志。

④千秋：形容时间很久，这里指不朽。

⑤已摈（bìn）忧患：已摒除个人忧患，指不把忧患放心上。

⑥楚囚：引用的是春秋时期的一个典故，当时有个楚国人成了

晋国的俘虏，但仍戴着家乡样式的帽子，以表达他对故国的思念。这里指作者虽然被囚禁，但仍然保持革命者的豪情壮志。

【创作背景】

烈士们遗留的很多诗歌都是就义诗和狱中诗，他们得知自己的生命走到了尽头，于是以诗言志。这些诗是烈士对自己一生的概述，是对信仰的从容不悔，也是对后人的勉励。写这首诗的时候，恽代英回顾了自己的一生。他毕业于武汉中华大学的文学系，擅长演说和撰文，五四运动期间是学生运动的组织者和领导者，创立了"共存社"和"利群书社"，并主编《中国青年》，对革命青年起到了很好的教育作用。他一生为革命漂泊不定，交了很多的朋友，他回想起自己的这些朋友，他们都有各自不同的命运。革命者不关心个人的忧患，是非常平常的事，自己就像身为晋国俘虏的楚国人，虽然是个囚徒，但是革命的热情仍然不减。这首诗正是作者一生的真实写照。

诗一首

闻道人间事，由来似弈棋①。
本是同浮载②，何用逐雄雌③？
鬼妒千金子④，人窥五色旗⑤。
四方瞻瞅瞅⑥，犹复苦争持⑦。

【注释】

①似弈棋：和下棋的道理差不多。引自杜甫的《秋兴八首》中的"闻道长安似弈棋"，比喻世事变化无常。

②同浮载：同样是生活在世上。

③逐雄雌：争个你胜我败，指争权夺利。

④千金子：富家的子弟。这里指贪官污吏。

⑤五色旗：是辛亥革命之后制定的国旗。

⑥瞅瞅（chǒu）：盯着、看着。指帝国主义虎视眈眈。

⑦争持：争夺、相持。

【创作背景】

这首诗是五四运动爆发之后，恽代英在武汉领导青年学生示威和罢课的时候创作的。他在诗中指出这世间的事就跟下棋是一样的道理，世事变化无常，人人都生活在这个世界上，为什么非要争权夺利呢？善于敲诈勒索的贪官污吏和各路军阀势力，在祖国被帝国主义肆意侵略的时候，还在拼命地你争我抢，表达了作者的愤慨之情。

诗一首

每作伤心语，狂书①字尽斜。

杜鹃②空有泪，鸿雁③已无家。

浩劫悲猿鹤④，荒村绝稻麻⑤。

转旋⑥男儿事，吾党岂瓠瓜⑦？

【注释】

①狂书：草书，书法中的一种。

②杜鹃：一种鸟，春天将尽的时候鸣叫，声音凄厉，容易引发人的感伤之情，因此说有泪。

③鸿雁：鸿雁哀鸣，代指人民无家可归、流离失所。

④猿鹤：君子的代称。

⑤绝稻麻：所有粮食都没有了。比喻老百姓忍饥挨饿。

⑥转旋：改变，扭转。指改变人民的苦难生活。

⑦瓠（hù）瓜：葫芦。引自《论语》，意思是葫芦在藤上挂着，但人不能挂起来什么都不干，而应该有所作为。

【创作背景】

这首诗也是五四运动爆发之后，恽代英在武汉领导青年学生示威和罢课的时候创作的。全诗开头描述了作者对当前祖国遭遇的伤心和悲愤。接着，用"杜鹃""鸿雁"表明了有志之士和人民大众无家可归，流离失所；用"浩劫""荒村"表明在北洋军阀的黑暗统治之下，所有人都过着悲愁交结的生活。最后一句点明男子汉大丈夫不能像葫芦一样就那样挂着，一定要有所作为，要为中国的前途和命运积极投身到革命当中去。这首诗揭露了北洋军阀的罪恶行径，大声呼吁青年站起来，为祖国的革命事业而战斗。

诗一首

嗟我中国，强邻伺侧①。

外交紧急，河山变色。

壮哉民国，风起云蒸。

京津首倡②，武汉继兴③。

唯我学界，风潮澎湃。

对外一致，始终不懈。

望我学生，积极进行，

提倡国货，众志成城。

力争青岛，事出至诚，

口诛笔伐④，救国之声。

愿我同胞，声胆俱张，

五月七日⑤，勿忘勿忘。

【注释】

①强邻伺侧：1919年，第一次世界大战之后，巴黎和会召开。日本在会上提出要接收德国在山东的所有权利，因此称为"强邻伺侧"。

②京津首倡：指的是1919年5月4日，北京和天津的青年学生在天安门广场前聚会，要求"外争国权，内惩国贼"。

③武汉继兴：京津学生运动之后，武汉人民紧跟着做出回应，也开始要求"外争国权，内惩国贼"，于是称为"武汉继兴"。

④口诛笔伐：用语言和文字对罪恶行径进行批判、揭露和声讨。

⑤五月七日：那个时候全国人民都强烈要求恢复青岛的主权，取消屈辱的《二十一条》。袁世凯政府在1915年5月7日承认《二十一条》，因此5月7日被定为"国耻日"。

【创作背景】

这首诗印在五四时期的宣传单上，是武汉学联机关刊物《学生周报》印行的发刊词。这首诗开头怒斥了蒋介石政府的软弱无能和日本帝国主义抢占青岛主权的罪恶行径。接着叙述了青年学生发起的"外争国权、内惩国贼"的示威和游行，表明学生们的志向是一致的，不容许祖国受到丝毫侵犯。诗的后半部分为学生们加油鼓劲，提醒国人不能忘记国耻，要奋不顾身投入到救国的斗争中去。

占谷堂（2 首）

【作者简介】

占谷堂（1882—1929），安徽金寨人，1923 年加入中国共产党。占谷堂深入农村，一边教书育人，一边积极动员人民群众从事革命运动，曾经担任红军独立十一师政委、鄂东北特委书记等。1929 年 7 月，红军的大部队调离之后，他仍然留在地方进行斗争，后来被告发遭敌人逮捕，不久被国民党反动派杀害。

感军阀混战民不聊生口占①一首

茫茫四州②起战争，苍生③何日晓升平④。

大江一把狂浪起，斩尽妖魔济众生。

【注释】

①口占：指不打草稿，张口吟诵出的诗词。

②四州：中国各个地方，指中国大地。

③苍生：天下百姓。

④升平：太平、安定。

【创作背景】

1924 年，占谷堂在河南地区的一所小学当老师，他经常会对国内的时事发表一些评论。这首诗就是他在谈论军阀混战、百姓深受战争之苦时，随口创作的。中华大地上军阀常年混战不断，人民群众期盼的和平生活不知道什么时候才能来到。这首诗体现了占谷堂忧国忧民的伟大情怀，也表露了他对和平生活的期望。占谷堂把中国共产党比作狂浪，他坚信中国共产党一定可以带领人民，把所有的敌人都消灭掉，救人民于水深火热之中。

诗两句

漫天撒下自由种[①]，但看将来暴发[②]时。

【注释】

①自由种：自由的种子，这里指追求自由的思想。

②暴发：突然发作出来，展现出无穷无尽的力量。

【创作背景】

当人们高声呼喊着"打倒列强、打倒军阀"的时候，蒋介石和汪精卫先后背叛了革命。国民党和共产党的合作关系破裂，蒋介石变成了新的军阀。农村地区的封建势力重新崛起，疯狂迫害农会干部和共产党员。大别山地区血流成河，阴风阵阵。共产党人积蓄力量，重整旗鼓，准备从头再来。大部队调离后，占谷堂坚持斗争，不幸被捕，这两句诗正是他临死的时候高声喊出的壮美诗句。他相信共产党人是杀不绝的，自由的种子一旦洒下，将来肯定会生出无穷的力量。

张傲寒（1 首）

【作者简介】

张傲寒（1904—1932），曾用名张厚丰、张国梁，江西铜鼓人。1922 年 4 月，他在江西省立第一师范学习时，和陈逸群、陈葆元等人创立了铜鼓竞进学会，1926 年加入中国共产党。大革命失败之后，他遭到国民政府的多次追捕，于是四处漂泊，难回故乡。1928 年，他改名为张厚丰，用老师身份作掩护，继续从事革命工作，在修铜宜奉等地创立了一些基层党组织。1930 年，他在麻洞和匡竹一带发展武装斗争，建立了革命根据地，后不幸牺牲，被追认为革命烈士。

诗一首

狗狐当权乱纷纭，山河处处有啼痕[①]。

屠杀[②]哪能维统治，关锁岂可对人民。

蛇蝎[③]咬人胜狼虎，生灵涂炭[④]泣鬼神。

倚天拔起青锋剑，诛尽奸岁肃罢尘[⑤]。

【注释】

①啼痕：人民群众悲伤的泪痕。

②屠杀：大量的残杀。

③蛇蝎：毒蛇和蝎子。比喻恶毒的当权者。

④生灵涂炭：人民深陷泥塘和火坑之中，形容生活极端困苦。

⑤肃嚣尘：肃清喧嚣和尘土，这里指消灭国民党反动派。

【创作背景】

这首诗是作者在从事革命工作的历程中创作的。诗的前三联都是对当权者的痛斥，把当权者比作是狗狐，在他们的统治之下，祖国一片混乱，人民群众悲痛不已。靠屠杀和关锁来维持统治，那是不可行的，这些统治者是比虎狼还要恶毒的蛇蝎，导致生灵涂炭，鬼神同哀。最后一句表达了作者远大的革命志向，和不灭敌人不归还的英雄气概。

张锦辉（2 首）

【作者简介】

张锦辉（1915—1930），出生于福建省永定县，她是中国现代史上的少年英雄，也是永定一带有名的红色歌手。1930 年 5 月，张锦辉跟随革命宣传队到西洋坪宣传革命思想，在村庄里唱响了红歌，后来被敌人发现，由于她不想连累村里的群众，不肯藏到农民家里，最后被敌人逮捕。敌人对她施用了各种酷刑，她紧咬牙关，不屈不挠，最后被残忍杀害，那个时候她只有 15 岁。

诗一首

团丁①本是工农们，

苦食苦穿②家里贫。

土豪劣绅来骗你，

打生打死保别人。

你也穷来我也穷，

穷人痛苦一般同③。

团丁要想除痛苦，

快快起来助工农。

【注释】

①团丁：旧社会的壮丁。

②苦食苦穿：即没有饭吃没有衣服穿。

③一般同：一样的，相同的。

【创作背景】

张锦辉有个堂兄叫张鼎丞，常回到家乡开展革命活动，受他的影响，张锦辉很小的时候就懂得许多革命的道理，十几岁就开始从事革命宣传工作，用唱红歌的方式向工人和农民宣传进步思想。这首诗歌中写的是旧社会中的壮丁，其实也就是工人和农民，他们遭受着同样的穷苦，被土豪和劣绅欺骗，没日没夜辛苦干活只是满足了土豪劣绅的贪欲，而工人和农民的生活却越来越艰难，想要脱离困苦的生活，只有团结一心起来干革命。这首诗通俗易懂，语言朴实，感染力强，可以起到很好的宣传效果，用简单的话语传递了革命的道理，比较容易被工人、农民接受和理解。

就义诗

唔（不）怕死来唔怕生，天大事情妹①敢当；
一心革命为穷人，阿妹敢去上刀山②。

打起③红旗呼呼响，工农红军有力量；
共产党万年走天下，反动派总是不久长。

穷苦工农并士兵，希望大家要齐心；

打倒军阀国民党，何愁天下唔太平。

【注释】

①妹：这里指的是张锦辉自己。

②上刀山：形容非常危险艰难的境地。

③打起：扛起、竖起。

【创作背景】

张锦辉创作的诗歌，语言生动，富有力量，简洁明了又深入人心，极大地推动了革命思想的宣传工作。这首诗是她在前往刑场的途中高声唱出来的，作为红色歌手、革命宣传员，张锦辉在就义的最后时刻，还坚守着自己的使命，为宣传革命真理引吭高歌，这样的情景不禁令人动容。她是不怕死的，为了穷苦的人民能够解放，无论多难的事情她都勇敢去做，即使是上刀山、下火海也勇往直前。这首诗体现了张锦辉视死如归的精神，以及她勇于为革命献身的坚定信念。

张自忠（1首）

【作者简介】

张自忠（1891—1940），字荩忱，出生于山东临清，抗日名将、民族英雄，先后参加临沂保卫战、徐州会战、武汉会战、随枣会战等。1940年5月，在枣宜会战中英勇殉国，是中国军队在抗日战争中牺牲的职位最高的将领，也是第二次世界大战时期，反法西斯阵营的几十个国家中牺牲的职位最高的将领。

诗一首

谁许中原^①与乱兵？未死总负报国名。

会有青山收骸骨^②，定教鸟兽祭丹心^③。

【注释】

①中原：黄河中下游一带，这里泛指中华大地。

②骸骨：人死后留下的骨头。

③祭丹心：祭奠一颗炽热的忠心。

【创作背景】

张自忠的字是"荩忱"，他曾经这样解释他的字："荩忱"是忠臣的意思，现在是民国，没有了皇帝，作为士兵，就要竭尽微忱，精忠报国。他还说过，华北地区沦陷了，我要以负罪之身，奋勇战斗，身先士卒，只求以死报国。这首诗正是他内心的真实写照，他在诗中写道，中国大地上怎能容许兵寇作乱呢？只要我在，就一定要履行报效祖国的职责，青山和原野会收敛我的尸骨，必定会有鸟兽来祭奠我的忠心。1940年，张自忠在抗击日军的战争中壮烈牺牲，举国悲痛，人民群众纷纷前去为他送行。这首诗严肃悲壮，体现了张自忠作为一位爱国军人的英雄本色。

赵尚志（1 首）

【作者简介】

赵尚志（1908—1942），出生于热河省朝阳市（今辽宁省朝阳市），东北抗日联军创建人和领导人之一，东北地区最早的共产党员之一，曾因参与革命活动被军阀关押入狱，曾担任东北人民革命军第三军军长、东北抗日联军第三军军长、北满抗联总司令、东北抗日联军总司令等。1942 年 2 月，赵尚志被混进抗联队伍的日伪特务打伤，随后被捕。在敌人的酷刑逼问下，他什么都没有透露，只是痛斥敌人的罪恶行径，身受重伤后拒绝救治，最终壮烈牺牲，年仅 34 岁。

黑水白山·调寄满江红

黑水白山①，被凶残日寇强占。我中华无辜男儿，倍受摧残②。血染山河尸遍野，贫困流离③怨载天。想故国庄园无复见，泪潸然④。

争自由，誓抗战。效马援⑤，裹尸⑥还。看拼斗疆场，军威赫显。冰天雪地矢壮志⑦，霜夜凄雨勇倍添。待光复东北凯旋日，慰轩辕⑧。

【注释】

①黑水白山：指黑龙江和长白山，代指我国的东北地区。

②摧残：特别严重的伤害、折磨、损害。

③流离：远离家乡，没有落脚的地方。

④潸（shān）然：泪眼婆娑的样子。

⑤马援：有名的军事家，东汉的开国功臣。

⑥裹尸：即马革裹尸，用马皮把尸体包起来，比喻战死沙场。

⑦矢壮志：矢同"誓"，指立下远大志向。

⑧轩辕：指黄帝，是中国上古时期部落联盟首领，也是五帝之首，被尊为"人文之祖"。

【创作背景】

这首词上半阕描述的是我国东北地区被日本侵占之后的惨状，血流成河，老百姓无家可归，作者忍不住流下了悲伤的眼泪，抒发了内心的悲痛之情。下半阕作者写出了自己的斗志，引用古代军事家马援马革裹尸、战死沙场的典故，表达了自己对革命胜利的坚定信念和对祖国的一片忠心。赵尚志作为一位将领，始终冲锋在前，勇猛无比。在他的带领下，东北地区的抗日武装力量逐渐壮大，从力量薄弱的游击队发展成了规模巨大的抗日联军。他能取得这么伟大的成绩，是因为他始终怀有战胜日寇的坚定信念和对祖国的赤胆忠心。

赵一曼（1 首）

【作者简介】

赵一曼（1905—1936），曾用名李坤泰，出生于四川宜宾，抗日女英雄。1926 年，赵一曼加入中国共产党，同年 11 月进入中央军事政治学校武汉分校学习，1927 年远赴莫斯科学习。"九一八"事变后，赵一曼被党组织安排到东北地区开展工作，在哈尔滨、沈阳等地组织工人开展斗争，后来担任东北人民革命军第三军第二团政委。1935 年 11 月，在与日军的战斗中赵一曼受伤昏迷被俘，遭受了各种酷刑，1936 年 8 月 2 日英勇就义，年仅 31 岁。

滨江抒怀

誓志①为国不为家，涉江渡海走天涯②。
男儿岂是全都好，女子缘何③分外差？
一世忠贞兴故国，满腔热血沃中华。
白山黑水除敌寇④，笑看旌旗红似花。

【注释】

①誓志：发誓立下的志向。

②走天涯：远离家乡，四处奔走。

③缘何：为何。

④敌寇：侵犯中国领土的日本帝国主义侵略者。

【创作背景】

赵一曼远离家乡，在东北地区从事革命工作，她用律诗的形式，抒发了自己抗日救国的英雄情怀。开头写她作为一名革命者为国离家，接着写作为女性也可以有救国的抱负，最后写她救国救民的满腔热情，要把敌人消灭光，相信最终会迎来革命的胜利，体现了赵一曼积极向上的革命热情和勇往直前的革命精神。

曾莱（4 首）

【作者简介】

曾莱（1899—1931），曾用名曾永忠，化名蓝瑞卿，四川荣县人。曾莱在上学期间就心怀救国大志，受五四运动的影响，他开始积极参加反军阀、反封建、反帝国主义的活动。1926 年夏天，受大革命热潮的鼓舞，曾莱开始意识到单靠教育救国是不行的，于是他下定决心，弃笔从戎，前往武汉参加国民革命军，后来参加了广州起义。1928 年，曾莱加入中国共产党，从事农民革命工作，在梁山、内江、容县等地组织农民开展运动。1931 年秋，曾莱被反动派内奸杀害，时年 32 岁。

诗四首

春

春来百花开满林，
米口袋撇紧①，
无心去玩春。
工农同志要谋生，
军阀要打倒，
土豪要肃清②。

同志们，下决心，
努力前进，
革命大功，
即将全告成。

夏

夏日田中谷子黄，
拌桶③乒乓响，
可望吃糯糯④。
背时军阀真堪伤，
捐款多花样，
催兵如虎狼。
挑黄谷，折苛捐，
五拖六抢，
看着看着，
抢得精光。

秋

秋来桂花满园香，
军阀又打仗，
人民遭大殃。
丘八爷，下四乡，
挑抬拉汉子，
陪睡拖女娘。

倘若不依从，

要扳要犟⑤，

钢枪一响，

命见无常⑥。

冬

冬日天寒雪花飘，

年关已将到，

心里慌又焦。

儿啼饥，女号寒，

衣服当完了，

红苕⑦没一条，

债主家中逼，

如何是好？

起来革命，

才有下场！

【注释】

①撇（piě）紧：紧张，指米粮不充足。

②肃清：彻底清除。

③拌桶：打谷子所用的一种木桶。

④糒糒（bèi）：指干饭、干粮。

⑤要扳（bān）要犟（jiàng）：要是挣扎，要是不听话。

⑥无常：佛家术语，指无常鬼，能催人死。这里指人死了去见

无常鬼。

⑦红苕：红薯、地瓜。

【创作背景】

这首诗是曾莱 1929 年在内江县组织农民运动时创作的。诗中描述了一年四季农民的生活场景，是曾莱在农村的所见所闻，非常真实。这四首诗叙述了农民吃不饱、穿不暖，生活在困境之中，揭露了土豪和军阀对农民的摧残和压迫，又是抢粮食，又是欺男霸女，农民的苦难从春天到冬天都没有尽头。那句震撼人心的"起来革命，才有下场"是主旨所在，体现了作者对农民境遇的同情和对剥削者的愤恨。

阅读总结

名家心得

　　我想《革命烈士诗抄》不仅仅是一本值得反复去读的书，它更是一个永放光辉的理想，引领我们去生活，去奋斗。

——张海迪《革命理想高于天》

读者感悟

　　《革命烈士诗抄》汇集了一批顶天立地、英勇豪迈的革命烈士的诗篇。这些烈士们坚韧不拔，迎难而上地投身革命事业，用自己的血肉之躯换来了祖国的解放和人民的幸福。他们的诗篇跨越了时空的限制，充满了革命热血和爱国豪情，堪称革命精神的重要载体。

　　阅读这些作品，可以深刻感受到革命先烈们不屈不挠、坚定不移的精神面貌，以及他们英勇奋斗所带来的动人力量。这些作品中蕴含了伟大的精神，传达了先烈们对革命事业的热爱和信仰。

　　这本诗集所表达出的热血和豪情，令人心潮澎湃，油然生出对革命事业的仰望与敬礼之感。这些革命烈士以其饱含热血、抒发豪情的文字，激发着现代人的爱国之情。这些篇章既增长了我们对历史文化的认知和了解，也让我们更加珍视当前拥有的幸福生活。这是一部珍贵的文化遗产，让革命英雄的精神永存我们的记忆深处，让我们继承他们的精神勇往直前。

阅读拓展

李大钊是中国共产主义运动的先驱，伟大的马克思主义者，促进了早期马克思主义的传播。

他直接组织和领导了新文化运动和五四运动，是中国共产党的创始人之一。他的思想、理论和实践，为中国共产主义运动的发展奠定了坚实基础。

李大钊同志曾任中共北方区委书记，带领北方工人阶级进行了激烈的斗争，他在革命斗争中表现出了忠诚、坚决的革命信念和革命精神，在社会上赢得了广泛的赞扬和支持。

在反动势力的打压下，李大钊不屈不挠，为共产主义事业奋斗到最后一刻。1927 年 4 月 6 日，李大钊被军阀逮捕入狱。在被关押的日子里，他崇高的革命精神和伟大的英雄气概，深深地感染了身边的人。

面对死亡，李大钊仍然坚守共产主义理念。在最后的关头，他用最后的一口气为共产主义真理的传播鸣锣开道，然后从容就义，完成了他的历史使命。

李大钊同志是一位崇高的革命先烈，为中国革命运动做出了巨大的贡献，他的伟大人格和非凡成就都值得我们学习。

真题演练

一、填空题

1.《革命烈士诗抄》是以_____为主题，作者将革命先烈的诗歌结集成册，表达了对革命先烈的敬重和感激之情，激励人们弘扬革命精神，迎接美好的未来。

A. 红色革命   B. 民族团结

C. 诚信友爱   D. 生态文明

二、问答题

阅读下面的文字，完成 1–2 题。

当今世界，社会主义同资本主义长期斗争，最终将在两个阶级、两条道路的斗争中决定胜负。为了胜利，我们需要吸取先烈们的经验和教训，敢于探索、敢于创新、勇于开拓，不断开创新的局面。

1. 文中的"先烈们"指什么？

2. 如何吸取先烈们的经验和教训？

答案

一、填空题

1. A

二、问答题

1. 文中的"先烈们"指的是为中国革命事业奋斗并为之牺牲的革命先烈们,《革命烈士诗抄》一书记录了他们的英勇事迹和崇高精神。

2. 吸取先烈们的经验和教训,不仅要从他们的爱国主义情怀、革命精神、奋斗精神中汲取力量,不断追求真理、追求进步,在实践中不断试错、不断探索新的道路和方法,还要结合当代国情和现实问题,创新思想和理论,为实现中华民族伟大复兴而努力奋斗。

爱阅读课程化丛书／快乐读书吧

外国经典文学馆

序号	作品	序号	作品	序号	作品
1	七色花	31	格列佛游记	61	好兵帅克历险记
2	愿望的实现	32	我是猫	62	吹牛大王历险记
3	格林童话	33	父与子	63	哈克贝利·费恩历险记
4	安徒生童话	34	地球的故事	64	苦儿流浪记
5	伊索寓言	35	森林报	65	青 鸟
6	克雷洛夫寓言	36	骑鹅旅行记	66	柳林风声
7	拉封丹寓言	37	老人与海	67	百万英镑
8	十万个为什么（伊林版）	38	八十天环游地球	68	马克·吐温短篇小说选
9	希腊神话	39	西顿动物故事集	69	欧·亨利短篇小说选
10	世界经典神话与传说	40	假如给我三天光明	70	莫泊桑短篇小说选
11	非洲民间故事	41	在人间	71	培根随笔
12	欧洲民间故事	42	我的大学	72	唐·吉诃德
13	一千零一夜	43	草原上的小木屋	73	哈姆莱特
14	列那狐的故事	44	福尔摩斯探案集	74	双城记
15	爱的教育	45	绿山墙的安妮	75	大卫·科波菲尔
16	童 年	46	格兰特船长的儿女	76	母 亲
17	汤姆·索亚历险记	47	汤姆叔叔的小屋	77	茶花女
18	鲁滨逊漂流记	48	少年维特之烦恼	78	雾都孤儿
19	尼尔斯骑鹅旅行记	49	小王子	79	世界上下五千年
20	爱丽丝漫游奇境记	50	小鹿斑比	80	神秘岛
21	海底两万里	51	彼得·潘	81	金银岛
22	猎人笔记	52	最后一课	82	野性的呼唤
23	昆虫记	53	365夜故事	83	狼孩传奇
24	寂静的春天	54	天方夜谭	84	人类群星闪耀时
25	钢铁是怎样炼成的	55	绿野仙踪	85	动物素描
26	名人传	56	王尔德童话	86	人类的故事
27	简·爱	57	捣蛋鬼日记	87	新月集
28	契诃夫短篇小说选	58	巨人的花园	88	飞鸟集
29	居里夫人传	59	木偶奇遇记	89	海的女儿
30	泰戈尔诗选	60	王子与贫儿		陆续出版中……

中国古典文学馆

序号	作品	序号	作品	序号	作品
1	红楼梦	12	镜花缘	23	中华上下五千年
2	水浒传	13	儒林外史	24	二十四节气故事
3	三国演义	14	世说新语	25	中国历史人物故事
4	西游记	15	聊斋志异	26	苏东坡传
5	中国古代寓言故事	16	唐诗三百首	27	史 记
6	中国古代神话故事	17	小学生必背古诗词70+80首	28	中国通史

序号	作品	序号	作品	序号	作品
7	中国民间故事	18	初中生必背古诗文	29	资治通鉴
8	中国民俗故事	19	论 语	30	孙子兵法
9	中国历史故事	20	庄 子	31	三十六计
10	中国传统节日故事	21	孟 子		陆续出版中……
11	山海经	22	成语故事		

中国现当代文学馆

序号	作品	序号	作品	序号	作品
1	一只想飞的猫	36	高士其童话故事精选	71	大奖章
2	小狗的小房子	37	雷锋的故事	72	半半的半个童话
3	"歪脑袋"木头桩	38	中外名人故事	73	会走路的大树
4	神笔马良	39	科学家的故事	74	秃秃大王
5	小鲤鱼跳龙门	40	数学家的故事	75	罗文应的故事
6	稻草人	41	从文自传	76	小溪流的歌
7	中国的十万个为什么	42	小贝流浪记	77	南南和胡子伯伯
8	人类起源的演化过程	43	谈美书简	78	寒假的一天
9	看看我们的地球	44	女 神	79	古代英雄的石像
10	灰尘的旅行	45	陶奇的暑期日记	80	东郭先生和狼
11	小英雄雨来	46	长 河	81	红鬼脸壳
12	朝花夕拾	47	丁丁的一次奇怪旅行	82	赤色小子
13	骆驼祥子	48	小仆人	83	阿Q正传
14	湘行散记	49	旅 伴	84	故 乡
15	给青年的十二封信	50	王子和渔夫的故事	85	孔乙己
16	艾青诗选集	51	新同学	86	故事新编
17	狐狸打猎人	52	野葡萄	87	狂人日记
18	大林和小林	53	会唱歌的画像	88	彷 徨
19	宝葫芦的秘密	54	鸟孩儿	89	野 草
20	朝花夕拾·呐喊	55	云中奇梦	90	祝 福
21	小布头奇遇记	56	中华名言警句	91	北京的春节
22	"下次开船"港	57	中国古今寓言	92	济南的冬天
23	呼兰河传	58	雷锋日记	93	草 原
24	子 夜	59	革命烈士诗抄	94	母 鸡
25	茶 馆	60	小坡的生日	95	猫
26	城南旧事	61	汉字故事	96	匆 匆
27	鲁迅杂文集	62	中华智慧故事	97	落花生
28	边 城	63	严文井童话故事精选	98	少年中国说
29	小桔灯	64	仰望第一面五星红旗升起	99	可爱的中国
30	寄小读者	65	徐志摩诗歌	100	经典常谈
31	繁星·春水	66	徐志摩散文集	101	谁是最可爱的人
32	爷爷的爷爷哪里来	67	四世同堂	102	祖父的园子
33	细菌世界历险记	68	怪老头		陆续出版中……
34	荷塘月色	69	从百草园到三味书屋		
35	中国兔子德国草	70	背 影		